Malaherba

Manuel Jabois

Malaherba

ALFAGUARA

Papel certificado por el Forest Stewardship Council®

MIXTO
Papel procedente de
fuentes responsables
FSC® C117695

Primera edición: mayo de 2019
Cuarta reimpresión: junio de 2019

Printed in Spain – Impreso en España

ISBN: 978-84-204-3836-8
Depósito legal: B-7617-2019

Compuesto en MT Color & Diseño, S. L.
Impreso en Unigraf, Móstoles (Madrid)

A L 3 8 3 6 8

Penguin
Random House
Grupo Editorial

Contigo nunca sabía si sentirme veterinario o carnicero.

XACOBE CASAS

Para mi madre.

I

La primera vez que papá murió todos pensamos que estaba fingiendo. Todos éramos mi hermana Rebe y yo, que nos habíamos sentado en la cocina para comer tostas de pan y aceite con la radio puesta.

—Es un desayuno de mayores, no sé cuántas veces os lo tengo que decir —dijo mamá antes de salir de casa.

Pero nos gustaba. No nos hacía daño ni hacía daño a los demás, tampoco molestaba a nadie ni era incómodo, ni había que guardarlo en secreto, ni nos hacía llorar en la cama antes de dormir, ni nos ponía tristes toda la semana, ni nos dejábamos de hablar con alguien por hacerlo, así que tan de mayores no era.

Ese día empezábamos el colegio, podía decirse que había acabado definitivamente el verano. Mi hermana y yo nos cruzábamos de un lado a otro de la casa con los ojos como platos, en pleno estupor. La noche anterior al primer día, mientras daba vueltas en la cama intentando dormirme, oí a mi madre moviéndose por mi cuarto como los reyes magos. Al despertar encontré mi cartera llena de libros, los bolígrafos metidos en las cartucheras y la ropa encima de la silla, lavada y planchada.

—Cualquiera diría que tienes pensado aprobar alguna —dijo mi hermana.

Pero esos momentos, víspera del curso, eran los únicos en que mamá pensaba que yo podía llegar a ser algo de provecho. Estaba aún morena de la playa y muy ilusionada conmigo, y le hablaba a todo el mundo de mí y de lo que yo iba a hacer ese curso, de lo mucho que iba a estudiar y a esforzarme para recuperar el año que había perdido. Esa noche me ordenaba los rotuladores como si ya me estuviese ordenando los ahorros; la imaginaba haciéndolo mientras les pasaba las cuentas pendientes a sus amigas, que tenían todas hijos más guapos, más listos y más imbéciles que yo.

Mi madre, mi guapa y joven madre: tan llena de vida esa mañana, no como otros. Han pasado ya algunos años, pero tengo ese día frente a mí tan cerca que si estirase la mano podría introducirme dentro. Hacía todavía calor, amanecía temprano, la vecina hacía correr el cordel de la colada y por la ventana abierta del salón se oía el ruido del tráfico. Yo llevaba un pantalón corto y un polo granate; Rebe no llevaba medias.

Cuando acabamos de desayunar tiré la cuchara al fregadero desde la puerta de la cocina, como si fuera Magic Johnson, y Rebe y yo saltamos del susto porque se oyó un ruido enorme, como si en lugar de la cuchara hubiese tirado una lámpara. Hubo otro ruido más después de ése, y entonces supimos que se había caído algo muy pesado en la casa.

Fuimos corriendo hasta la puerta del cuarto de nuestros padres, ni un centímetro más.

—Hace el capullo —susurró mi hermana.

Papá estaba tirado boca arriba de una forma tan perfecta que parecía que le hubieran disparado una flecha. Uno de nosotros dos tenía que acercarse, pero ninguno quería hacerlo porque en el fondo teníamos miedo de que papá se levantase de golpe dándonos un susto de muerte. Yo empecé a sudar, creo que fue la primera vez que tuve sudores fríos. Volvería a sudar muchas veces, por razones importantes y por razones estúpidas, pero ésa no la olvidaré porque fue la primera vez que tuve miedo de verdad, la clase de miedo que una vez que se tiene ya nunca se va del todo.

Recuerdo las cortinas blancas que mamá había ido a comprar conmigo la primavera anterior, el olor a suavizante de las sábanas en la cama recién hecha y la alfombra verde estirada al lado del armario. La lámpara de la mesilla de noche rota en el suelo, el tapete colgado de la borla del cajón. Si papá no se estaba muriendo, debería.

—Vete tú, que eres la mayor —le dije a mi hermana.

—Por eso mismo vas a ir tú, mira por dónde —Rebe estaba temblando.

Papá no se movía. Yo sabía cuando un padre hace el capullo, pero no cuando un padre muere. Tampoco entendía el sentido que le encontraba papá a hacernos bromas pesadas todo el rato, como esconderse en un armario cuando estábamos durmiendo y salir pegando gritos. Si tienes dos hijos pequeños y eres un capullo perdido lo mínimo que puedes hacer es esperar un poco para demostrarlo, pero mi padre tenía muchísima prisa para todo.

Empecé a caminar despacio; sabía tan poco de la muerte que pensaba que lo único que podía hacerle a mi padre era despertarlo. Al llegar a él me senté sobre su pecho. Entonces le tapé la nariz, que era algo que le hacía Rebe al abuelo Matías cuando ron-

13

caba mucho. Un día mi abuelo se llevó tal susto que se despertó de golpe y la estampó contra el armario. «Esta niña es tan gilipollas como su padre», dijo. Pero no tenía razón; me pesa decirlo porque es familia, pero no tenía razón. Rebe nunca fue gilipollas, ni siquiera entonces.

—Está muerto —dijo.

Entonces caí en la cuenta de que yo llevaba un minuto tapándole la nariz a papá.

—¿Le puedo destapar la nariz?

—Sí, sí, ya está —dijo poniendo los ojos en blanco.

De repente el secreto de los dos se rompió. Había que hacer algo y hacer algo rápido. Rebe salió corriendo del piso, dejando junto a mí el olor a la colonia que se había puesto para ir a clase, de eso me acuerdo perfectamente porque Rebe siempre fue la hermana que mejor olía del mundo, y llamó a los vecinos de enfrente, que no estaban en casa, y subió al piso de arriba para seguir timbrando las puertas de todo el mundo.

Yo no tenía ni idea de cuánto tiempo se podía tapar la nariz de alguien. Pensaba que hasta que ese alguien te tira contra el armario. Lo peor es que ya no podía saber con claridad qué prefería: que mi padre estuviese vivo cuando me senté encima de él, y por tanto tuviera aún probabilidades de estarlo pese a dejarlo sin respiración, o que ya estuviese muerto cuando llegamos al cuarto, con lo que yo no tendría ninguna responsabilidad Era todo un dilema.

Cuando apareció la ambulancia se tuvo que cortar el tráfico, y bajaron casi todos los vecinos a nuestra planta; mucha gente de la calle se paró en el portal. Los curiosos que esperan una camilla me parecen la peor clase de curiosos del mundo: deberían salir del edificio veinte camillas con los padres de cada uno de ellos.

A Rebe y a mí nadie nos contó nada. En el momento en que la ambulancia apagó las sirenas nos hicieron desaparecer de la escena ya no sé si por huérfanos o por sospechosos. Un señor que se presentó como Armando, y al que habíamos visto días antes porque era el nuevo vecino del segundo izquierda (y que también me parecía un poco capullo), apareció de la nada en nuestro salón y nos subió a su casa mientras «los sanitarios» se llevaban a papá. Armando decía «los sanitarios» y es casi lo que más recuerdo de ese día, porque siempre andamos por la vida acordándonos de chorradas.

Armando nos había metido en su piso a empujones con la cara que supongo que se le pone a un desconocido cuando se muere tu padre. No es una cara fácil: te importa y no te importa a la vez. No se lo reprocho; hay que estar ahí. Cuando te importan y no te importan las cosas se forma una congestión rarísima, una crispación que no es por el dolor ni por la tristeza por la muerte de nadie, sino porque los músculos se bloquean ante las órdenes contradictorias y terminan componiendo un gesto de horror que a veces desemboca en un ictus. Dios llevaba tiempo preparando esta carnicería.

—Os sentáis aquí y os esperáis un segundo.

Rebe y yo obedecimos. Nuestro primer acto oficial como huérfanos fue sentarnos en la cocina, donde toman decisiones los mayores. Lloramos un rato hasta que imagino que nos cansamos, esto no lo recuerdo bien. La verdad es que Rebe y yo no llorábamos mucho juntos. Normalmente si uno lloraba era porque el otro lo había hecho llorar. Luego nos fuimos encontrando con parejas de hermanos que tras pelearse lloran los dos, o que lloran mientras pelean, o que lloran por nervios; nosotros, no. Nosotros nos habíamos puesto a llorar porque suponíamos que papá estaba muerto, y aunque a mí y al abuelo nos parecía un poco capullo, la muerte de papá nos venía muy grande.

Armando intentó localizar a mamá sin suerte. Nosotros tampoco habíamos podido. Papá estaba muerto y lo único que quedaba por saber, básicamente, era si lo había matado yo. Por mi parte, tocaba pasar página. Se lo dije a Rebe con la mayor inocencia del mundo y casi me da un bofetón.

Armando nos hizo unos colacaos («pan con aceite no es desayuno de niños») mientras nos contaba que eran nuevos en el edificio. Cuando terminamos los colacaos saltó de la silla y dijo: «¡Voy a trabajar!». Y se fue de la cocina diciendo que podíamos andar por la casa tranquilamente, y entrar en los cuartos de sus hijos, que fue como nos enteramos de que Armando tenía hijos.

Armando no era un capullo, tampoco un mayor exactamente, pero era un tío rarísimo. Medio calvo, delgado, con tripita y pantalones de pijama. Tenía algo que me gustaba mucho: los dientes de arriba bastante más separados que los de abajo, lo que lo convertía casi en un dibujo animado. Cuando cerraba la boca podía esconder lo que fuese en el hueco del paladar. Trabajaba en casa, que era algo que yo no sabía que se podía hacer. Empezaba a la hora que quería, con la ropa que le apeteciese, y se tomaba las «pausas» que le daba la gana; de hecho, siempre que lo veíamos estaba «en una pausa». Meses después me enteré de que el secreto del trabajo de Armando era que no cobraba.

El piso de Armando estaba justo encima del nuestro. Era igual, pero supongo que decorado a la manera de Armando y su mujer, si la tenía, porque la verdad es que no nos dijo nada de entrar en su cuarto. Un recibidor, la cocina a la derecha, el salón a la izquierda y después un pasillo muy estrecho que llevaba a tres habitaciones y una salita. Yo me metí en un cuarto que tenía cama nido y una mesa con un Amstrad 464 de pantalla verde. La cajonera estaba llena de juegos: Shinobi, Gauntlet, Target: Renega-de, Ghosts 'n Goblins. En un armario más había varias cajas con juegos de mesa: Cuatro por Cuatro, Quién es Quién, Hotel y Hundir la Flota. Y clicks de Playmobil: toda la habitación estaba llena de clicks de Playmobil, y casi todos además estaban de pie, algo que me daba un poco de apuro porque me hacía sentir Gulliver.

Me senté en la cama; recuerdo que tenía un colchón comodísimo, ni blando ni duro. Luego me puse tan aburrido que no sabía si echarme a llorar un rato. Intenté concentrarme para hacerlo y pensé en papá. Recé por él, recé muchos padrenuestros y muchos avemarías por que en realidad no estuviese muerto y, si lo estaba, que subiese al cielo y viese a algunos de sus amigos. Igual con ellos estaba tranquilo en el bar sin estar pendiente de mí, o sin estar pendiente de nadie. No sé por qué a veces pensaba que era un capullo. No lo era. Cuando yo pensaba que era un capullo era porque no entendía lo que hacía. Ahora creo que lo sé, o por lo menos tengo una teoría. De la misma manera que nunca iba a buscarme a los sitios, sino que me obligaba a caminar en su dirección mientras él lo hacía en la mía para así vernos en un punto intermedio, ahora creo que su forma de educarme era exigirme que llegase, desde los diez años que tenía entonces, hasta los quince que tengo ahora, una edad a la que él pudiese llegar desde los cuarenta. Quizá hoy me mataría de risa que me despertase a gritos entrando en la habitación en mitad de la noche. O quizá mi enfado tuviese mucha más gracia que la primera vez que lo hizo, cuando tenía siete años y me puse a llorar y a hacerme pis en la cama las semanas siguientes. No lo sé. Pero era un padre «con rollo», como decía mamá. Mamá se lo decía siempre cuando acababa las broncas: «Si no tuvieses rollo», le decía. Nada que ver con los padres de los niños de mi clase. Quizá a lo mejor Armando, en pijama toda la mañana haciendo pausas, sí tenía algo de rollo; Armando al menos prometía.

Pero mi padre era mejor. Un día cogió el radiocasete, lo puso encima de la mesa de la cocina mientras comíamos Rebe y yo y le dio a grabar. Entonces le preguntó a mi hermana:

—¿A quién quieres más, a mamá o a papá?

Mi hermana se hinchó como un globo para darle en las narices:

—¡A mamá mil veces! —mintió.

—¿Y a quién quieres más, a Míster Tamburino o a papá?

—¡A papá un millón de veces!

Después papá se fue a su habitación, allí editó la cinta y cuando llegó mamá del trabajo le dijo: «Mira qué conversación tan interesante tuve hoy con Rebe». Nos llamó a la cocina y allí le dio al play.

—¿A quién quieres más, a mamá o a papá?

—¡A papá un millón de veces!

Mi padre siempre había querido trabajar en un periódico. Una vez le pregunté de qué le gustaría trabajar y me respondió que de decirle a la gente lo que era verdad y lo que no. Casi me pongo a llorar y a hacerme pis en la cama los días siguientes.

Empecé a quedarme dormido en el piso de Armando mientras escuchaba los pasos de mi hermana de un lado a otro de la casa. Cuando me desperté tenía enfrente la cara de una niña; una cara blanca llena de pecas, los ojos verdes, pero no verdes como los de las actrices sino como los de los gatos, con muchas terminaciones de colores grisáceos. A mí no me gustó mucho el color de sus ojos. La niña me estaba moviendo el cuerpo como si yo fuese una barca. Entonces entendí que me había despertado ella.

En lo primero que pensé fue en que había perdido la clase del primer día. A mí me tocaba hacer otra vez quinto de EGB y Rebe empezaba octavo; yo había repetido un curso porque había nacido a finales de noviembre y notaba mucho la diferencia con los demás, según mamá. En cualquier caso a mí me costaba un montón estudiar y hacer los deberes, y empecé a pensar que a lo mejor se debía a que los deberes eran para niños nacidos en otros meses. El curso anterior, en el recreo, dos niños se habían metido conmigo por suspender varias en el segundo trimestre y Rebe, que nunca me quitaba ojo, fue allí a decirles que lo que pasaba es que era «superdotado». No sé dónde oí esa majadería, pero me hizo muchísima gracia, y a los que se metían conmigo aún más. También es verdad que si me hubiera quedado para siempre en quinto de EGB, teniendo en cuenta lo que pasó después, habría demostrado ser más listo que nadie en el mundo.

—¿Quién está en mi cama? —preguntó la niña por segunda vez.

—Yo, perdona.

—No, a ver. En mi cama, en la habitación de al lado.

—¿Dónde está Armando?

—¿Me vas a contestar?

—¿Es una niña la que está en tu cama?

—¿Es que vamos a jugar al Quién es Quién? ¿Es tu hermana?

—¡Rebe!

—Pues gracias.

Salió del cuarto y entonces se metió en el de Rebe y le gritó «¡Rebe!», que pensé yo en los malos despertares que tiene Rebe. Tuve que aguantarme la risa, y menos mal, porque volvieron las dos a mi habitación correteando como ardillas. Rebe no tenía cara de dormida, así que debía de estar haciéndosela: es su táctica cuando una situación es muy incómoda y no quiere problemas. «A lo mejor», pensé, «también es la táctica de papá y estamos todos aquí haciendo el imbécil».

—Rebe ya se ha presentado, ¿te puedes presentar tú?

—Si a Rebe te la presenté yo.

—¿Me vas a decir cómo te llamas? Que sois los dos muy gallegos.

Aquello me molestó un poco. Lo oía mucho, lo de gallegos. Querer aclarar las cosas siempre es de gallegos: deben de ser todos muy listos por ahí fuera. Iba a decirle eso o algo parecido, porque de repente estaba enfadado, pero antes se presentó ella con su angustiosa voz de pito.

—Yo soy Claudia Romero Viscasillas. ¿Te gusta?

—Me gusta mucho —dije, y era verdad, sonaba súper bien—. ¿En qué colegio estudias?

—En el mismo que tú y tu hermana, en el centro de educación infantil y primaria de Campolongo.

Por primera vez en mi vida supe qué significaba el «CEIP Campolongo» que teníamos encima del escudo en las camisetas de gimnasia. Miré a Claudia Romero Viscasillas intentando saber si era subnormal. A veces me pasa que no los distingo y eso termina creando muchísimos problemas. El curso anterior llegaron dos hermanos nuevos a nuestra clase, y la profesora Marina nos dijo que uno era un poco especial porque tenía «síndrome de Down». Yo al acabar la clase le pregunté a la profesora qué era el síndrome de Down. Me enseñó unas fotos, porque la profe Marina nos trataba como a monos enseñándonos imágenes todo el rato, y a mí se me parecía más el que no era, Raúl, que el que sí, Antonio. Así que me pasé el curso explicándole a Raúl cómo se abrían y se cerraban las persianas y contándole cómo se jugaba a polis y cacos. Él me escuchaba con mucha atención y me hacía siempre caso, y luego me pasaba la mano por el pelo como también hacía con su hermano. Raúl Fernández Calige y Antonio Fernández Calige. Sólo estuvieron un año con nosotros, porque su padre era militar y lo destinaron a otra parte, pero en ese curso Raúl y yo fuimos inseparables de la manera en que sólo pueden serlo dos personas que creen que el listo es él.

Claudia llevaba una falda plisada negra, un polo blanco de tergal y un jersey tan rojo que parecía un farolillo. Nos contó que estaba en el octavo curso, o sea con Rebe, y seguro que en el mismo grupo porque mi hermana se apellidaba Santa, y los Santa estábamos en el C y los Romero también.

—Además, en mi clase había un pupitre libre que tenía que ser el tuyo —se giró hacia Rebe.

—¿Al lado de quién estoy?

—No lo sé, de una ceporra. No conozco a nadie. Bueno, ¿jugamos?

Era habladora, mandona y resabidilla; por un lado yo sentía rechazo pero por el otro me encantaba. Quizá tenía que ver con que mi hermana estaba desconcertada con ella y era dificilísimo ver a Rebe desconcertada. Claudia llevaba el pelo recogido en un chicho y las uñas un poco sucias, como las mías. «¿Jugamos?». Repitió la pregunta muchas veces y muchos días después, mientras crecíamos y cuando terminamos de crecer, y siempre con la misma risita de quien no sabe aún si lo que va a hacer es bueno o malo. La verdad es que eso, si era bueno o malo, nunca lo supimos y siempre nos dio igual.

Nos fuimos a la salita, donde Armando estaba haciendo «una pausa» delante del telediario, y cuando íbamos por el pasillo camino al salón nos cruzamos con un habitante más de la casa. Allí parecían descolgarse niños del techo. Entonces recordé que había dormido en el cuarto de Gulliver, por tanto Gulliver existía y era un niño más o menos de mi edad, más o menos de mi estatura, más o menos como yo. Sentí un nerviosismo súper agradable, como si no pudiese respirar y al mismo tiempo eso fuese bueno.

—Hola.

Nos paramos los cuatro en aquel pasillo pequeño y estrecho como si nos hubiésemos encontrado en la calle.

—¿Qué hacéis? —preguntó.

—Vamos a jugar, ¿vienes? Ellos son Rebe y Míster Tamburino.

—Yo soy Elvis —alargó su manita blanca y pecosa. Se la apreté sólo un poco, con cuidado, pero aun así se la dejé algo encarnada—. ¿Míster Tamburino?

—Sí —me agité un poco, siempre me pasaba cuando me presentaba—, pero me puedes llamar Tamburino.

—¿Por qué?

—Bueno, por el Tamburino de la canción, ¿no la conoces?

—No.

—Es de un cantante italiano que a mi padre le gusta mucho. «Míster Tamburino yo no quiero bromear / pongámonos la camiseta / los tiempos cambiarán» —canté. Me la sabía entera de memoria.

Elvis pegó un respingo.

—¡Me encanta!

—Es bonita. Pero el nombre no me lo puso mi padre, lo elegí yo hace años. Mejor llámame Tamburino.

—¿Es tu nombre artístico?

—Bueno, más o menos —sentí que me agitaba otra vez. Nadie habla de sus nombres: ¿por qué yo sí?, ¿y por qué me obligaba a hablar del mío un Elvis?— . Pero yo no hago nada, o sea que no soy artista ni nada. Es que mi otro nombre no me gustaba.

—Querías llamarte de otra forma.

—Supongo.

—¿Y te gustaría ser un mosquetero?

Me encogí de hombros. Llevábamos solos en el pasillo un buen rato. Rebe y Claudia se habían ido.

—¿Sabes por qué mis papás me llamaron Elvis? Por Elvis Karlsson.

—¿Elvis Karlsson? ¿No hay un cantante que se llama Elvis?

—No sé, es por *Elvis Karlsson,* el libro favorito de mi madre de pequeña. ¿Quieres que te lo deje?

—Mmmm.

—¡Vale!

Oí ese «¡vale!» por primera vez, la manera tan peculiar que tenía de decirlo, como si volviese a la vida de golpe.

Elvis me explicó el juego de los mosqueteros: dos espadas imaginarias, posición de guardia, posición de ataque. Y, esto era muy importante, teníamos que hacer ruidos que imitasen el choque de las espadas. No sé por qué lo dijo, quizá pensaba que me iba a poner a hacer el ruido de una locomotora.

Su cuerpito se colocó elevando su espada imaginaria en el aire, y yo hice lo mismo. Empezamos a ir de un lado de la casa a otro luchando. Elvis tenía el pelo revuelto y casi pelirrojo, era flaquito y muy bajo, tenía las mismas pecas que su hermana y el mismo color de ojos, pero el verde de Elvis era el verde de las actrices.

Cuando mamá llamó y escuchamos su voz por teléfono diciéndonos que papá estaba bien y en el hospital, yo ni siquiera me acordaba de que lo creía muerto, ni mucho menos muerto por mí. Entonces ya estaba tratando de matar a Elvis apartando sillas, subiéndonos a los sofás, esquivando a Rebe y Claudia, entrando y saliendo de las habitaciones sin fijarnos más que en nuestros movimientos. Y cuando conseguí clavarle mi espada en la tripa y cayó redondo en el suelo de la cocina, muriendo varios segundos por mi estupendo golpe, me alegré muchísimo de que estuviese fingiendo.

II

Papá siempre contaba una conversación seguramente falsa entre un padre y su hijo pequeño en la
que el padre le preguntaba al niño en qué pensaba
cuando sólo tenía un año, y éste le respondía: «En lo
mucho que te quería, y que no podía decírtelo».
Pero qué va a saber lo que pensaba un chaval cuando
tenía un año, eso si pensaba. Y si con un año se te
ocurre esa tontería, es mejor que dejes de pensar una
buena temporada. En cualquier caso, a Rebe le gustaba la historia, porque Rebe admiraba tanto a papá
que se imaginaba a ella queriéndolo sin freno desde que era embrión, desde la concepción misma. Yo
si fuera mamá no la hubiera dejado salir.

Por otro lado, una de las obsesiones de mi padre
era el momento en que las personas dejan de hablar
entre ellas, y muchas veces lamentaba que fulanito o
menganito le hubiesen retirado la palabra, porque se
la retiraban mucho.

Ya sé que eso es una tontería que no tiene nada
que ver con el niño que no puede decir que quiere a
su padre, porque una cosa es perder la comunicación
y otra muy distinta no haberla ganado. Pero es verdad
que el niño sí conoce cosas que no puede nombrar,
desde un juguete hasta un coche, y puedo sospechar
su frustración por nombrarlas mal; es decir, por tener que oír las risitas de los mayores cuando quiere
nombrar algo y le sale una palabra ridícula, a veces

animado por los propios mayores, como eso de llamarle «popó» a la caca. Puede conocer algo y usarlo, pero no está preparado para saber qué es. Y cuando ya puede hablar y caminar y todo eso, sigue ocurriendo que el niño vive cosas que no está listo para vivir, porque no sabe exactamente en qué consisten y, por tanto, tampoco puede entenderlas.

A mí, si me preguntan, diré que me pasaron cosas que no sabía explicar, y sentimientos a los que no sabía poner nombre, e hice algo que simplemente no sabía si era bueno o malo, y cuando lo supe ya era muy tarde. El daño es como un tumor: si uno lo identifica pronto y lo ataca quizá pueda salvarse, pero si no lo reconoce y sigue como si nada, cuando se dé cuenta ya es tarde para cualquier cosa. Es como meterse dentro de una hoguera; si no sientes calor, habrá un momento que incluso puedas sentir gusto, quizá en el momento justo antes de arder.

Yo sólo ahora he empezado a odiar, y ni siquiera estoy muy convencido. Eso es lo peor de todo. Lo peor es que te pasan cosas cuando eres niño que tú no sabes qué son, y cuando te lo dicen ya no te queda odio, sólo una pena enorme. Y bien sabe Dios que es más peligrosa la pena que el odio, porque el odio puede destruir lo que odias, pero la pena lo destruye todo.

Al día siguiente nos enteramos de que papá había sufrido un «colapso». El doctor Iglesias, que era el padre de Martiño Iglesias Pernas, un niño alto y gordo que daba bofetadas como panes, dijo «colapso» con el gesto sufrido de querer decirnos a Rebe y a mí algo más fuerte. Eso es algo que se nota en los médicos: tratan a los niños con tacto muy en contra de su voluntad. En realidad, querría habernos hablado de algo durísimo que demostrase que lo sabe todo. El infierno de los mayores con profesiones complicadas es tener que explicar cosas que pueda entender cualquiera. El doctor Iglesias no se había pasado media vida estudiando mientras sus amigos salían de noche para acabar resumiendo lo que sabe Dios pasa en el cuerpo de mi padre con un «colapso».

—¿Confuso? —pregunté. Mamá me fulminó con la mirada.

—No te entiendo —respondió el doctor.

—Si papá está colapsado, confuso.

Se dio la vuelta sin contestarme y salió de la habitación agitando la bata como la cola de un pajarito. Lo imaginé llegando a casa lo suficientemente soliviantado como para darle a Martiño Iglesias Pernas la orden de que me partiese la boca en el recreo.

Papá estaba dormido. Supongo que el doctor habría querido decir «sedado», pero nos dijo «dormido» casi escupiéndonos. Fue la primera vez que aprecié que mi padre era un hombre guapo y joven a su manera. Ya nos habían dicho que no sufriría secuelas, al menos no más de las que tenía de serie, y que en unos días regresaría a casa.

Una de las cosas que más me impresionaban era el alivio de mi madre, mucho más tranquila que la tarde anterior, cuando Armando nos subió a Rebe y a mí al hospital. Estaba triste de una manera que sólo puedo describir ahora, cuando sé lo que ocurre de verdad en los hospitales. Yo no he vuelto a pisar uno desde ese día, y si me pongo malo de verdad prefiero mil veces que me lleven a curarme a un cementerio, de donde al menos sé que no voy a tener que volver.

—Hay que cuidar a vuestro padre y obligarlo a que se cuide —dijo.

Fue, incluso después de haberlo creído muerto, la primera vez que supe que algo no iba bien con papá. Cuando uno es niño se acostumbra a vivir entre los misterios de los mayores y desarrolla un sexto sentido para caminar entre ellos. Sólo hay que mirar mucho y preguntar poco. Te pueden prohibir saber, pero no te pueden prohibir intuir. Yo intuía, por ejemplo, que cuando mamá y papá cerraban la puerta del cuarto de noche, ellos que nunca la cerraban, era porque pasaba algo ahí dentro que no se podía saber. Escuchaba los ruidos, los jadeos, los «shhhhh», y después las pisadas de los dos al baño. ¿Qué era aquello? Podía intuir también que era algo relacionado con la vergüenza, con los desnudos, aunque no era capaz entonces de relacionarlo con el placer. Había una desconexión entre las cosas que pasaban y lo que eran, pero ya tenía una edad en la que sabía que esa desconexión existía, y era capaz de intuirla.

En realidad, por más que luego dijeran los profesores, yo el primer día estaba integrado en mi nueva clase perfectamente. Lo único que me molestaba era no tener conmigo a Chumbi. Nos habíamos hecho amigos los dos primeros años, pero si nos ponían en clases diferentes aquello iba a ser imposible: en el colegio, las aulas eran como continentes. A cambio estaba en la misma clase que Martiño, y eso no era malo teniendo en cuenta que nuestros padres ya se conocían; Elvis se sentaba al fondo del todo con una niña que se llamaba Carolina y a la que cantábamos «Bailaches Carolina, bailei si señor / dime con quen bailaches, bailei co meu amor». Mi compañero de pupitre era Jesús Ramón Búa Espiñeira. A Búa le llamábamos Bomba porque tenía los labios muy carnosos y Martiño había dicho que una vez vio a un negro en una película de Tarzán al que llamaban Bomba. Una de las cosas buenas de los colegios es que nadie confirma nada, y todo lo que se decía en clase era palabra de Dios o palabra de Martiño. Cuando Búa supo que Bomba era un chico rubio criado en la selva que salía en unas películas que se hicieron después de Tarzán, ya nadie le hizo caso.

Pues bien, Bomba me quiso pegar esa mañana. Llevaba sentado con él cuatro horas. Tampoco es que se anduviese con chiquitas. Por una tontería, porque metí entre las páginas de su libro una mano pegajosa y cuando preguntó quién fue, dije: «Yo fui, Bomba». Supongo que Bomba es uno de esos apodos que dependen del humor de su propietario. El caso es que estábamos en clase de Sociales y Bomba me avisó de que me pegaría a la salida, así que yo me preparé mentalmente para pelear y no hice nada en clase la hora siguiente, porque no sabía cómo pelear en frío. Aquello era algo muy estúpido, porque la gracia de avisar de una paliza es que se entere toda la clase y pueda asistir todo el mundo; se pasan unos papelitos para que lo sepan el público y el amenazado, o se cuchichea por las mesas. Pero como Bomba era mi compañero, me lo dijo en voz baja para que no lo echase la profesora. Una cosa entre nosotros. Aunque yo pensaba que si la clase no venía detrás para ver cómo Bomba me pegaba, menuda tontería. Me ofusqué tanto la última media hora que pensé en pegarle yo primero.

Cuando sonó la sirena los dos estábamos nerviosísimos. De hecho, hasta metimos nuestras cosas en la cartera hablando con normalidad. Nada más cruzar la puerta de clase nos pusimos uno delante del otro y dejamos caer los libros; yo no sabía qué hacer y él tampoco. Los demás nos apartaban para salir del cole porque no tenían ni idea. Yo creo que Bomba no era un bullas, sino alguien que empezaba a mostrarse interesado en serlo, como quien explora un oficio. Así que lo que hizo fue agarrarme de la camisa, tirando de ella, y cuando consideró que me había tirado suficiente salimos juntos del colegio hablando mal de la profesora María Jesús. Bomba se fue con su madre y yo me fui con Rebe.

—Qué le pasaba a ese imbécil, que estaba rojo como un tomate —me dijo Rebe.

Era verdad que Bomba se ponía colorado por cualquier motivo. Se le encendía la cabeza, se le crispaban sus cejas enormes y los ojos saltones parecían a punto de explotar. Había tres mil motivos para llamar Bomba a Bomba, y Martiño había elegido el peor.

Camino a casa paramos en la panadería, como hacíamos siempre. Una cosa que me gustaba mucho de empezar el colegio era la rutina; todos los días eran muy parecidos y en medio de la semana nunca sabías qué día era. Por eso tampoco me gustaba que papá estuviese en el hospital, porque de algún modo un padre en casa, aunque fuese el mío, da siempre normalidad a las cosas. El de Miguel Pastelero murió cuando Pastelero era muy pequeño y su vida era cualquier cosa menos normal; vomitaba las naranjas que desayunaba y no por eso dejó de tomarlas ninguna mañana, ni de vomitarlas: una vez lo hizo en el encerado, y Ricardito Fósforo cogió el polvo de la tiza y lo echó por encima como si fuera serrín. El padre de Javi Legañas era pobre, que era una cosa mal vista en el colegio porque Legañas traía siempre la misma ropa y no se lavaba, o se lavaba poco; le olía la caspa, eso lo recordaré toda mi vida: le caía a puñados encima del chándal y olía toda la clase de gimnasia. El padre de Mariña Martínez Agujas tenía cáncer; de esto hablaremos más adelante, porque el padre de Mariña Martínez Agujas cada año se encontraba mejor que el anterior, debía de tener el mejor cáncer del mundo. Ese cáncer de su padre la hizo tan popular en el cole y tan consentida por las profes que supongo que estaría rezando todas las noches para que su padre no se curase nunca.

Y bueno, luego estaba Daniel Rey Mourelos, Dani Ojitos. Eso era caso aparte. Nadie sabía si su padre vivía o no porque yo creo que era tan guapo que a nadie le interesaba lo que había antes que él. Era como querer conocer de dónde viene el paté y todo lo que se ha hecho para tener paté; yo imagino que los padres de Ojitos eran unas personas estrujadas que se habían dejado en Ojitos cualquier belleza que ellos hubieran podido tener. Probablemente murieron al mismo tiempo cuando él por fin nació, como dos supernovas que se estrellan para hacer una galaxia nueva. Otra opción es que yo estuviese aburrido de verlos, viviendo como vivían en la misma calle, pero nunca los vi con él y no podía identificarlos, así que si los vi serían para mí dos vecinos más, a lo mejor hasta particularmente odiosos. Ése era otro poder de Dani Ojitos: sus ojos tenían un color que dependía del tiempo que hiciese, pero siempre eran muy claros. Recuerdo que a la entrada de un garaje de nuestra calle había una pintada que decía: «Dani Ojitos, kieres salir conmigo?».

Aquel día Ojitos andaba por la panadería con una sudadera de capucha. Siempre había muchísima gente en la panadería a esas horas, parecía un bar de domingo por la mañana en el pueblo. A mí me gustaba porque, como tardaban en atendernos, me iba a los hornos donde se hacían el pan y las napolitanas y aquello olía como si se acabase de inaugurar el mundo. Julián, el panadero, siempre me decía que tenía que ir a las seis de la mañana o una hora así de bestia, porque entonces se hacía mucho más pan y todo olía aún mejor. Así que cuando me despertaba en medio de la noche y mamá venía a la cama yo le decía, antes de volver a dormirme, que en lugar de ir al baño prefería bajar a la panadería. Si Julián me preguntase qué pensaba cuando tenía diez años, podría decirle: «En lo mucho que quería bajar a la panadería de madrugada, y no podía».

Ese día no me dio tiempo a ir a los hornos porque en la cola de la panadería, además de Dani Ojitos con Daisy, su niñera, ya estaban Armando, Claudia y Elvis. Juraría ahora que Armando estaba en pantuflas o algo muy parecido; en cualquier caso, era un calzado muy cómodo que me llamó la atención. Nos preguntó por papá y a mí me salió decirle que estaba vivo. Después nos invitó a Rebe y a mí a subir a su casa cuando acabásemos de comer para hacer los deberes juntos. Era perfecto porque al menos el día anterior Armando apenas nos había molestado: aquello de trabajar en casa se lo tomaba muy en serio. Elvis llevaba una mochila de las tortugas ninjas. Jugamos allí mismo a los mosqueteros, salimos a la calle de vez en cuando y pisamos la carretera.

Entonces Daisy se acercó a nosotros, nos contó su vida sin venir a cuento y acabó preguntándonos si queríamos hacer los deberes con Dani Ojitos. Si nos «apetecía» hacer los deberes con Ojitos, como si pudiésemos poner en el examen que estudiamos con él para que la profesora se llevase buena impresión. Elvis dijo que sí con la cabeza. Yo, que no podía ni hablar, me puse a hacerme el interesante mirando la carta de helados, como si aún hubiese helados en la panadería o como si estuviese puesta la carta.

Así que en aquella panadería estábamos esas «dos almas errantes», como nos llamó Rebe al vernos ese día en el recreo, y el auténtico Dani Ojitos, otro que bien mirado tenía un libro. Resulta que Ojitos vendría a casa de Elvis a pasar la tarde, y que nos juntaríamos allí los tres. Eso pensaba yo, pero Rebe dijo que ya veríamos, porque teníamos que esperar a que llegase mamá del hospital con noticias de papá. La cosa iba a funcionar así: mamá le iba a contar a Rebe qué le pasaba a papá. Lo haría con un lenguaje un poco más estúpido que el doctor Iglesias, lo cual iba a ser difícil, y después Rebe lo vulgarizaría todo de forma inimaginable hasta decírmelo a mí en secreto cuando estuviésemos solos. Tenía ganas de que me lo contase sólo para verlo.

Le dije todo esto a Rebe en la cocina (menos lo último), mientras ella rompía unos huevos, y abría y cerraba cajones buscando unas tijeras para Dios sabe qué misterio. Rebe, como todas las hermanas, era mamá cuando mamá no estaba; los hermanos, sin embargo, estamos absueltos de ser papá, lo cual no significa nada. Rebe es la hermana con la que cualquiera soñaría. Le dije que quería subir con Elvis en cuanto supiésemos qué tal estaba papá, y ella me preguntó si es que me gustaba tanto jugar con Elvis y le contesté la verdad, que me apetecía estar y jugar con él, aunque veces me daba un poco de vergüenza por su torpeza o por cómo leía en clase, porque aquella mañana se marcó un recital en el dictado que había que oírlo. Olía bien, eso también se lo tuve que decir porque olía de maravilla.

—Siempre que conoces a alguien te parece tu mejor amigo —dijo Rebe—. Luego pasa lo que pasa.

Era verdad: me emocionaba. A veces sólo me faltaba mearme delante de ellos, aunque ahora que lo pienso eso ya lo hice una vez.

—¿Luego pasa lo que pasa? ¿Y qué es lo que pasa? —pregunté.

—Pasa que después no era para tanto.

—¡Siempre es para tanto!

Rebe se rio. Hasta que conocí a Elvis, Rebe era la persona a la que más hacía reír. Luego llegó Elvis y le dio la vuelta a todo, pero yo no sabía a quién de los dos prefería hacer reír más. Pasamos mucho tiempo pensando en la gente que nos hace reír, y elegimos estar siempre con ellos, pero nadie se da cuenta de que eso es muy egoísta: la gente no sólo tiene que hacerte reír a ti, tú también deberías hacer reír a los demás. Yo no tenía ninguna clasificación de la gente que me hacía reír, pero sí de a la que hacía reír yo y Rebe era la primera, además de porque era mi hermana, porque tenía una risa que «alegraba las plantas». Eso se lo decía así mamá, que cada vez que Rebe reía las plantas crecían un poco. Ya no teníamos plantas en casa, pero hubo una época en la que parecía una selva.

—¿Vamos a subir o no? ¿A ti no te cae bien Claudia?

—Claudia es una sabihonda pero está sola, y no me gusta que nadie esté solo. No huele tan bien como Elvis porque ella se pone una colonia horrenda. Hoy le preguntamos qué colonia es para no usarla nosotros —dijo Rebe.

Así fue como supe que subiríamos a casa de Elvis, y me puse contento porque de repente no sólo íbamos a pasar la tarde juntos haciendo los deberes, sino por la suerte de vivir tan cerca de él, a sólo un piso de ascensor. Era ese tipo de alegría inabarcable que reúne dentro alegrías más pequeñas, algo muy difícil de medir.

Una de esas pequeñas alegrías era que fuese a estar con nosotros Dani Ojitos, tan callado y con su aspecto de estar siempre triste. Este año estaría en mi clase, porque era un año menor, aunque luego supe que había nacido el 1 de enero. Cuando me lo dijo aluciné, pero tardó mucho en hacerlo, porque Dani Ojitos hablaba poco y casi nunca de sí mismo.

Cuando llegó mamá a casa yo estaba viendo los dibujos en la salita de estar. A mi madre no la describo porque es la única persona a la que veo y me da vergüenza. Eso y que tampoco estoy describiendo mucho a nadie. Lo importante es que los tenga yo a todos en la cabeza como los recuerdo.

Mi madre trabajaba en El Corte Inglés de Vigo, a mí me parecía mayor porque era mi madre, pero en realidad se quedó embarazada muy joven de Rebe y la gente le preguntaba si eran hermanas, y mi madre ponía una cara que parecía que iba a comprar El Corte Inglés entero.

Dejó las bolsas en el recibidor y se llevó a Rebe al salón para encender un cigarro de marca Winston. Cerraron la puerta, aunque yo no tenía pensado poner la oreja; prefería esperar a la versión infantil. Me quedé en mi cuarto sin hacer nada, y cuando Rebe salió del salón dijo que nos íbamos.

—¿Qué le pasa a papá?

—Ya te lo diré después —dijo Rebe cuando nos metimos en el ascensor para ir a casa de Elvis. No parecía asustada ni enfadada, quizá ya no tenía nada de eso.

Hicimos los deberes en el salón y luego jugamos los niños por un lado y las niñas por el otro. Ese día Elvis y yo descubrimos que nos encantaba el Hundir la Flota, un juego en el que colocábamos nuestros barcos en tableros divididos en casillas, y había que adivinar dónde los tenía el otro tirando de coordenadas, tipo D2 o B5. Si acertabas con una parte del barco, era «tocado». Si ya no te quedaban más partes que tocar, era «hundido». Si fallabas, era «agua». Creo que no he pasado nunca más vergüenza en mi vida que explicando esta tontería, ni me cabe en la cabeza que alguien no conozca el juego de los barcos, pero papá decía que hasta las cosas más estúpidas hay que explicarlas para entenderlas por dentro, y que nunca sabíamos quiénes nos podían leer. A lo mejor al Hundir la Flota le pasará dentro de cien años como a los dinosaurios, así que supongo que esto será de interés si ocurre. Ojalá, la verdad, haya en el futuro arqueólogos de barquitos de estos de plástico con sus agujeritos en cubierta, y ojalá yo sea uno de ellos.

Elvis era un año más pequeño que yo, más bajo y muy distraído; siempre se estaba dejando cosas por ahí. Se entusiasmaba mucho y muy rápido, y luego se cansaba de forma muy simpática, o eso me parecía a mí porque ponía morros. Era muy estudioso pero escribía fatal, casi ni sabía escribir. Tampoco leía bien. El tercer día la profesora de Lengua nos mandó leer en alto, que es lo que hacen los profesores para parecerse a los tratantes de ganado: mirarles las encías a los animales. Yo no es que fuese una máquina leyendo, y siempre vocalicé mal (hablo muy rápido y tengo mucho acento gallego, pego las palabras, las monto unas encima de otras de tal forma que sólo me entendía Elvis y me hacía gracia pensar que era un idioma nuestro, un idioma de marcianos). Pero es que Elvis era un agobio, y al principio era un agobio para mí, que era su vecino y su mejor amigo. Yo sentía que la clase se reía de él y algo peor, sentía que era difícil no hacerlo y que si yo no lo hacía era porque había tenido la mala suerte (lo pensaba así, y odiaba pensarlo) de ser su amigo demasiado pronto, antes de saber muchas cosas de él, por ejemplo que leía como el demonio.

Mi lugar en clase estaba en la tercera o cuarta fila, ya no lo recuerdo bien, pero él estaba en la última y su vocecita me llegaba por la espalda, como un aire frío que me hacía estremecer (su compañera era Inesita Cendón, una niña que se hizo famosa a mitad de curso porque dijo que la capital de Noruega era Labocane, que luego descubrimos por un anuncio de la tele que era un producto farmacéutico, creo que de enjuague bucal). Como no podía girarme, lo imaginaba atorado frente al libro, con sus ojos nerviosos y brillantes, y sus gafas descolgándose nariz abajo mientras se las subía con el dedo. Unas gafas de montura castaña, grandes y hermosas, sin las cuales me podía confundir a mí perfectamente con la profesora.

No ayudaba que se llamase Elvis. Tampoco, realmente, que fuese el amigo del repetidor y el repetidor insistiese a los profesores en que se llamaba Míster Tamburino. Nada en la vida nos ayudaba, y eso hizo que en dos días fuésemos inseparables. La suerte fue que Martiño Iglesias Pernas nos cogió cariño. En algún momento del curso decidió que formaríamos parte de sus posesiones, como sus libros o su pupitre, y eso significaba que nadie nos podía tocar, o que nos tocase bajo su responsabilidad.

La casa de Elvis era una casa acogedora y a medio hacer, supongo que por la mudanza. Las casas ya amuebladas y decoradas y convertidas en un hogar no acogen a nadie más que a esa familia. En la de Elvis había hueco para dos o tres más, y Rebe y yo estábamos primero. De hecho, no es que faltasen muebles, es que faltaba hasta su madre, que se había quedado en Lugo, su anterior ciudad «acabando un contrato», según nos dijo Armando. Me parecía impresionante que Elvis y Claudia pudiesen vivir sólo con su padre; si mi madre llegase a faltar de casa un día, yo creo que hubiera venido la policía a preguntar qué pasa.

Eso se lo dije esa tarde a Armando mientras hacíamos los deberes en la cocina, y Armando soltó una carcajada. Mi frase fue aprovechada rápidamente por él para hacer «una pausa» y empezar a contar una historia sin pies ni cabeza. Elvis corrió por el pasillo a avisar a Claudia y Rebe, que estaban en la habitación de Claudia cotilleando de niños del cole (Rebe me lo contaba todo, ahora no me cuenta nada; ni recuerdo la última vez que la vi). Fue entonces cuando supe que la madre de Elvis y Claudia era de Pontevedra y que Armando era de Castromundo, una aldea de Lugo que ahora debe de tener unos treinta vecinos, pero que cuando nació Elvis podría tener por lo menos cincuenta. Sus casas se levantan entre montañas, a veces se queda incomunicada por la nieve y, en líneas generales, es perfecta, nos dijo Armando.

—Perfecta para qué —pregunté.

—Cuando decimos que un lugar es perfecto, nos referimos a que es perfecto para vivir —contestó.

—Puede ser perfecto para otras cosas. Para estudiar o para jugar al fútbol.

—Para cosas que se hacen viviendo, eso es. Ningún sitio es perfecto para morir.

Armando y yo nos caíamos bien. En eso de que ningún sitio es perfecto para morir mentía, porque mi padre había encontrado en un piso sin luz lleno de cenefas, cuadros de marcos horribles y lámparas, chatarrería variada y armarios gigantes, una especie de amanecer en un paraíso de corales en el que no parar de morirse. Pero entonces eso aún no lo sabíamos: sólo había muerto una vez, y ni siquiera.

Armando hablaba mientras nosotros mojábamos galletas con Nocilla en el colacao. La cocina era el lugar en el que mis padres también hablaban cuando se ponían a echar cosas de menos. Ahora estábamos los cuatro niños y Armando, y Armando hablaba y hablaba mientras se servía vino y más vino; esto me lo dijo luego Rebe, porque yo la verdad es que no me enteraba. Entendí que entre las ventajas de trabajar en casa había que contar la de poder beber lo que uno quisiera todo el día, no sólo agua. Así pues, Armando era de un pueblo «mitológico», dijo, con el nombre más bonito del mundo: Castromundo; uno de esos lugares de los que hay que escapar para querer volver todo el rato.

En Pontevedra Armando era amigo del padre de una niña de nuestra clase, Olallita Sueiro, que vino ese día a tomar café con él y repetiría visita varias veces, algo que, por lo que fuera, a Armando le incomodaba, porque decía que no se podía trabajar «tranquilo» en casa. Su familia era ganadera y él repartía leche por las casas de allí y las de alrededor; era lechero, Armando. Se fue a estudiar a la universidad de Santiago, y allí se enamoró de la madre de Elvis, que era una mujer «altísima», «delgadísima», y «morenísima», que se quedó embarazada de Claudia tan pronto que no pudo seguir estudiando. Hablaba con verdadera locura de su mujer, era de esa gente tan enamorada que en lugar de dar ternura daba un poco de miedo. «Somos hijas no deseadas», interrumpió Claudia el relato mientras miraba a Rebe.

Me dolió en el alma que dijese eso de Rebe; no había nadie más deseado en el mundo que ella. Quise ser yo también no deseado.

—¿Yo también fui no deseado?

—No, pero estás a tiempo aún. Un chico de mi pueblo fue no deseado a los catorce años —Armando soltó una carcajada. No hay cosa más espantosa que un adulto rodeado de niños riéndose solo por algo que acaba de decir.

Entonces sonó el timbre de la puerta. Por el susto, se debían de haber olvidado todos menos yo, que sí estaba atento al ruido del ascensor, al ruido de las pisadas en las escaleras por si le daba por hacer ejercicio a Daisy, a cualquier ruido que identificase a alguien acercándose a casa; cosas que, aún no lo sabía, manejaría muy bien a las pocas semanas.

Claudia corrió a abrir la puerta —Claudia era al mismo tiempo la señora y el ama de llaves de aquella casa— y desde la cocina oímos la voz de Daisy, pero no la voz de Dani Ojitos. Aunque a esas alturas no sabíamos ni siquiera si Dani Ojitos tenía voz.

Claudia lo hizo pasar a la cocina. Dani tenía el pelo despeinado y gracioso, un poco húmedo porque estaba lloviendo. Nos quedamos todos en silencio un buen rato, esos silencios de los niños que son peores que los de los mayores, porque ni siquiera pueden hablar del tiempo.

Entonces Elvis se levantó con muchísima ceremonia y yo fui detrás, como si de repente se hubiesen establecido unas categorías, y dijo Elvis que fuésemos todos a la habitación, y fuimos. Empezaba a oler a hogar aquello, a plástico de juguete y a Nocilla. Caminamos en silencio por el pasillo, y al llegar

43

al cuarto Elvis cerró la puerta (siempre lo hacía, aunque su padre no le dejaba pasar el cerrojo) y le empezó a enseñar los juegos y los clicks de Playmobil a Ojitos, contándole las mismas historias que me había contado a mí dos horas antes.

Yo me acerqué a la ventana, que daba a una calle estrecha llena de coches y de gente apurada; llovía, pero ya no mucho, y se empezaba a hacer de noche. En gallego hay una palabra que me gusta mucho, «lusco e fusco». Vale para el amanecer y el anochecer, así que si alguien te dice que es el «lusco e fusco» no sabes si se está haciendo de día o haciendo de noche. Papá siempre decía que un reloj estropeado da dos veces bien la hora, no sé si lo decía por él mismo; pues bien, hay dos momentos del día en que el cielo la puede dar mal.

De golpe se hizo de noche. No fuera, sino dentro. Me volví hacia el interior del cuarto, asustado, y vi dos sombras pequeñas. Sólo tras unos segundos escuché la vocecita torpe de Elvis diciendo que había apagado la luz, como si nadie se hubiese dado cuenta. Ordenó que nos escondiésemos por el cuarto porque íbamos a jugar a las tinieblas.

Me puse muy nervioso. No por estar a oscuras en un cuarto que era tan pequeño como una baldosa y en donde nos tendríamos que esconder pegados al techo, sino por estar a oscuras con gente alrededor; gente que respiraba, que yo suponía estiraba las manos para no chocar y que tenía un cuerpo que no se podía evitar ni esquivar si se ponían en medio.

Así que me quedé atontado, allí pegado a la ventana con la ciudad al otro lado, y luego pensé en cómo estaría el pobre Dani Ojitos y qué pensaría de nosotros. Nos creería dos locos o dos capullos, dos niños a los que no acercarse nunca más.

En un acto reflejo, bajé de golpe la persiana. Ahora sí que ya no se veía nada, pero me había dado tiempo a saber dónde se había escondido Ojitos. Estaba apoyado a un lateral de la mesa del ordenador, y el último recuerdo que tengo de su cara es que parecía divertido, así que fui allí a tientas.

Se había pactado, sin que nadie lo dijese, que Elvis nos buscaría como si jugásemos al escondite. Para entendernos: era el juego más estúpido del mundo. Pero en la oscuridad total, Ojitos y yo nos entrecruzamos las piernas en una postura rarísima, como protegiéndonos, porque si uno se esconde en la oscuridad lo último que quiere es que lo encuentren. Ese miedo raro, un miedo emocionado y espontáneo, un miedo que no sé cómo describirlo porque era el mismo miedo que sientes hacia un padre que se acerca a hacerte cosquillas, hizo que Ojitos y yo nos pegásemos muchísimo.

«Ven aquí más», susurró. Tenía una camiseta de marca Amarras y unos vaqueros Lois con el bajo recogido, lo recuerdo porque entonces yo me fijaba mucho en las marcas de ropa y llevaba pidiendo un montón de tiempo que me comprasen una bomber Chevignon. «Ven, ven aquí más», dijo Dani Ojitos, o eso me parecía entender, porque hablaba muy bajo y con la voz entrecortada. Pero yo ya estaba allí, no podía estar más pegado a él. «Ven más», repitió. Giré la cabeza para ver de una vez qué quería, pero ya estábamos tan juntos que chocamos las narices y las caras. «Ven, ven», me decía aún entonces, respirando a toda prisa; de golpe hacía muchísimo calor.

Me metió la lengua en la boca. No sé cómo lo hizo ni en qué momento. La metió y la empezó a mover, una lengua pequeña y caliente. Sabía a patatas campesinas. Yo sentí gusto y asco por sentir gusto, y me quedé quieto como si me estuviese pegando. No era capaz de apartarlo ni de intentar apartarlo, y de repente quise hacer algo, pero no se me ocurría qué, y cuando se me ocurrió —le iba a coger una mano, me llamaban la atención las manos blancas y tímidas de Dani Ojitos— él pegó un salto y se apartó de mí riéndose, porque sentíamos a Elvis ya muy cerca.

Elvis nos encontró y se echó encima de nosotros, y estuvimos amontonados un buen rato. «¡Montaña!», había gritado; nos quedamos así hasta que empezamos a sudar, y después Elvis se levantó y encendió la luz. Teníamos las mejillas coloradas, nos reíamos y nos callábamos sin ser capaces de coordinarnos. Yo me sentía tan raro que casi no podía ni respirar, como si algo muy bueno me estuviese matando.

III

—Papá perdió la memoria de correr —dijo Rebe al día siguiente nada más salir de casa.

Rebe llevaba en su cartera todos los libros de todas las asignaturas, una libreta para cada libro, la merienda suya y la mía (dos yogures, dos plátanos, cuatro galletas María) y un estuche enorme en el que cabía la caja de colores Alpino. Papá siempre decía que Rebe no iba al cole, viajaba allí. Rebe llevaba dos coletas que le despejaban la cara y se le veía más su nariz pequeña con forma de tobogán, graciosísima.

—¿Me oyes? Que papá perdió la memoria de correr.

Yo sabía que las explicaciones sobre papá iban a ser de gilipollas, pero esto no lo había imaginado: cada vez me hablaban como si fuese más tonto. Pero no dije nada. Llevaba desde que salí de la cama con ganas de llorar y no podía abrir la boca ni siquiera para insultarla. No poder insultar por miedo a llorar es una sensación de impotencia que no le recomiendo a nadie.

Por suerte, Rebe siguió hablando y la di por insultada mentalmente. Me contó muy despacio qué le había pasado a papá sin dejar de mirarme de reojo. Resulta que se le había roto una pequeña vena en el «cerebelo», que es una parte del cerebro que ordena el movimiento de las extremidades: desde el cerebelo se dan las órdenes, dijo Rebe, y las órdenes viajan por el sistema nervioso hasta los músculos, que obedecen.

Aquello era tan estúpido que sólo podía ser verdad. La rotura de la vena había provocado un «coágulo» —Rebe pronunció «coágulo» como una diosa—, que es una acumulación de sangre, que fue lo que provocó que papá se desplomase en la habitación, pero también en el baño varias veces antes, aunque de eso nunca nos llegamos a enterar porque el sueño secreto de los padres es morirse sin que se enteren sus hijos.

A mí no me extrañó nada que papá se hubiera caído en el baño porque los mayores se caen todo el rato en los baños, y muchos mueren allí. Yo entonces pensaba que era por la impresión de verse desnudos. En casa teníamos prohibido de siempre poner el pestillo a las puertas, sobre todo en los baños. En los baños no se podía echar el pestillo y aún gracias a Dios que se podía cerrar la puerta. Yo sentía tanta aprensión con los baños que no entendía por qué teníamos dos en casa, era como vivir con dos amenazas de muerte.

Entonces Rebe pronunció la palabra «cáncer». Rebe a estas alturas ya podía ser la jefa de planta del padre de Martiño Iglesias. Dijo que mamá le había contado —mamá era otra que se había echado al monte— que en los últimos tiempos el doctor había dicho que papá quizá podría tener un cáncer en la cabeza, algo que a decir verdad sonaba muy grave. Pero resultó ser todo al contrario. Papá no sólo no tenía cáncer, sino que tenía las defensas muy altas, y al tenerlas tan altas no enfermaba nunca, o eso creía él, de ahí que tardase tanto en ir al médico cuando se empezó a caer en el baño: no le dio importancia. Esa tardanza casi lo mata. Lo cual, dijo Rebe, era una «paradoja».

La conclusión es que esa venita rota era irreparable y las órdenes que requerían más velocidad, como correr, no llegaban a tiempo. O sea, le dije a Rebe, que pensábamos que papá se había muerto y resulta que no podía tener cáncer ni tendría que correr nunca más, lo cual era una jugada maestra.

Rebe me miró con esa cara de loca que me ponía a veces, me dio un beso en la coronilla, despeinándome, y me dejó en la puerta de mi clase. Yo me asomé un momento allí como quien se asoma a un pozo sin fondo. Estaba la mitad de la clase de pie bajando las sillas, colocando los libros bajo la mesa y haciendo los montunos, que era como nos llamaban los pijos a la gente del monte, lo fuéramos o no, porque yo en realidad era de costa pero al ser de pueblo estabas condenado completamente. No se podía ser de pueblo o de aldea. En Galicia, que no hay otra cosa.

Sin llegar a entrar, me fijé en las mesas que estaban pegadas a la ventana. No había rastro de Dani Ojitos. Luego en las del fondo: tampoco de Elvis, pero es verdad que Elvis siempre llegaba tarde y con una pinta que daba pena verlo.

Di dos pasos atrás, y luego otros dos, y cuando quise darme cuenta me estaba alejando de clase yendo en dirección contraria a todos los niños. Estanislao Iglesias Tubío, que llevaba toda su vida respondiendo a la pregunta de «¿Tubío o Tobío?», me preguntó adónde iba. Del cole aprendí que siempre hay un compañero haciendo las veces de delegado en cualquier situación, incluso fuera de clase; son como alcaldes. Yo pienso que no hay edad más fácil para callar, y siempre estamos abriendo la boca. Le dije a Estanis que iba al baño y, acto seguido, sin haberlo pensado antes, me dirigí al baño. Alcaldes, ya digo, gente de autoridad.

No iba a volver a clase ni muerto y lo supe desde el momento en que me desperté ese día. Los estudios habían acabado para mí. Iba a dedicar el resto de mi vida a ocultar lo que había pasado la tarde anterior. Exactamente lo que el cura nos decía que era ser católico, dedicar la vida a estar arrepentido de algo que hiciste tú o los demás. A mí ya me habían ganado.

El beso de Dani Ojitos fue el primer secreto de mi vida, tanto es así que no lo escribí en mis diarios ni se lo dije a Rebe. Tanto es así que no me creí lo que había pasado y pensé que aquel día se me había adelantado el sueño. Tanto es así que casi diría que no sabía que existían esas cosas. Un beso con lengua a mí me tenía que parecer una agresión, como un cabezazo de Jairo Barbeito, del que todos decían que conocía a Malaherba, el malo oficial de Pontevedra, o un bofetón rastrero de Ladillas, que tenía la tenia (de verdad). Con sus lengüeteos, Dani Ojitos se había puesto a la altura de los malos de forma aún más retorcida, una maldad hasta entonces por explorar.

Eso pensaba por un momento, en otro momento pensaba que no. ¿Era malo Ojitos? Un niño bien vestido, tan callado, que no quiere molestar. Un niño que tenía una niñera, Daisy, todo el rato pensando en desprenderse de él.

Yo ese día no había ni hablado en todo el desayuno. De hecho, fingí desayunar. Tampoco caminaba normal, sino que lo hacía de puntillas, algo que dijo mi madre antes de irse a trabajar. Aquel día no era igual a otro, era el día más diferente de mi vida. ¿Qué habíamos hecho? Me daban ganas de tirarme de los pelos. Pensé que si me hubiera resistido no tendría tanta sensación de culpa. A cualquier otro le hubiera dado un cabezazo. Me preocupaba que lo supiese Rebe, me preocupaba un montón que se enterase mamá, no quería ni pensar en que lo llegara a saber Elvis, pero lo que me traía loco del todo, lo que me provocaba ganas de suicidarme, era que estuviese informada la policía.

Cuando llegamos al semáforo del colegio me empezaron a sudar las manos al ver al agente de Tráfico. Lo imaginaba parándome en medio de la carretera, «tú no, besucón», y llevándome a comisaría, donde ya estaría siendo torturado Dani Ojitos, para dar explicaciones. En todo el camino, mientras Rebe me hablaba de papá, no la miré a los ojos porque sabía que ella me leía hasta la manera de parpadear. La verdad es que tenía muchísimo miedo de que me preguntase algo, lo que fuese. Porque yo respondería también lo que fuese, pero echándome a llorar.

En el colegio, huyendo de mi clase, me metí corriendo en unos baños que estaban por lo menos a dos pasillos de los míos. Allí me miré al espejo lavándome las manos mientras esperaba a que se fuese un niño mayor de pelo largo que estaba fumando al lado de la ventana, y después me metí en un retrete, cerré la puerta y subí las piernas a la taza del váter. Había colocado antes la mochila encima de la cisterna, y de ella saqué un libro que había cogido en casa de Elvis, un libro que me moría por leer y que se titulaba *Elvis Karlsson*.

Leía el principio, me desconcentraba, y volvía a leerlo. Estuve así hasta que pude casi memorizarlo.

Elvis está sentado en la cama jugando con los botones de la chaqueta del pijama.

Es domingo y ya hace bastante rato que está despierto. Entre las maderas de la persiana se ve cómo brilla el sol. La mañana ya casi pasó y es cerca del mediodía.

Prueba con varios ojales. Desabrocha un botón, abrocha otro. Empieza a hacer bastante calor en la habitación.

¡Hala, allá va un botón!, parece que cayó debajo de la cama. Pero no puede verlo..., tendrá que levantarse y buscarlo.

Pero claro, eso los despertaría...

Mira a papá y a mamá que están muy quietos en sus camas, durmiendo, durmiendo. Así es todos los domingos. No pueden levantarse porque ayer estuvieron de fiesta y ya casi era por la mañana cuando se acostaron.

Nada más empezar me enteré de que Elvis Karlsson tenía seis años y no había empezado aún el colegio. Mejor para él. Yo recordaba perfectamente la primera vez que entré en un colegio y fue parecido a entrar en el infierno. Tenía seis años, como Elvis Karlsson, y mis padres también dormían los domingos hasta muy tarde y en aquella habitación suya olía que no se paraba. Pero Rebe me hacía el desayuno, me encendía la tele y jugábamos al Quién es Quién o a lo que fuese; la hermana de Elvis Karlsson, sin embargo, era su abuelo.

Además, al contrario que él, yo era nuevo en la ciudad porque venía de un parvulario distinto, el parvulario de mi pueblo, que estaba a dieciocho kilómetros. Cuando tienes seis años, dieciocho kilómetros son aproximadamente tres vueltas al mundo. De hecho, en el viaje tuvimos que parar para que vomitase dos veces porque si hay algo que no soporto es subirme a un coche, no digamos ya si el coche empieza a moverse.

Pues bien, en mi primer día llegué a clase asustadísimo, como si me hubieran tirado de un avión, y me encontré a casi todos mis compañeros encima de sus sillas, lanzando las carteras al aire y gritando «hip, hip, hurra», que era un cántico que yo no había escuchado en los días de mi vida. Pensé: «Menudo recibimiento», y acto seguido me puse tan colorado que me dieron ganas de llorar y en efecto lloré; lloré rojo como un pimiento y, aunque traté de parar las lágrimas según salían de los ojos, aquello era incontenible y opté por sorberlas rápidamente, de tal manera que tenía la cara empapada y llena de surquitos, y un sabor rarísimo en la boca.

Yo seguía clavado en la puerta, pues no sabía qué decirles, si darles las gracias o subirme yo mismo a una silla, y en el fondo tenía miedo de decir una sola palabra y que me notasen el acento gallego, como si Pontevedra fuese Nueva York. La profesora, una mujer alta y grande que se llamaba doña Socorro, estaba agachada metiendo papeles en los cajones y sonriendo a los niños con una especie de ternura desafecta, una sonrisa muy de mayores: la sonrisa de por si vuestros padres me están viendo.

Cuando reparó en mí, yo ya me había hecho un poco de pis, paralizado por la emoción y desbordado completamente. Papá me había dicho: «Ni el primero ni el último en levantar la mano, ni el primero ni el último en entrar y en salir de clase, ni el primero ni el último nunca de niño: ya habrá tiempo». Y de repente la clase entera me estaba dirigiendo una especie de canto tribal mientras yo lloraba y me meaba al mismo tiempo, sin poder contener ninguna de las dos cosas. Sólo me faltaba, como en el chiste, ponerme a hacer caca allí mismo y que la profesora dijese: «A ver el nuevo, ¿qué más sabe hacer?».

Entonces uno, del que luego supe que se llamaba Robertito Televés, y que tenía unas gafas con una montura espectacular que le cubrían la cara de oreja a oreja, se fijó en mí y aquello fue como si se fijase un búho. Empezaron a callar todos mientras la profesora, un poco alterada, venía hacía mí arrastrando las piernas. Cuando por fin la clase estaba ya pendiente de lo que hacía, y empezaban los primeros niños a bajarse de las mesas, yo dije «gracias» con los pantalones empapados. «Gracias», repetí ya un poco sereno, pensando que la situación podía salvarse. Podría decir que todos callaron pudorosamente, porque eso es lo que harían los adultos —aplazar la crueldad para un momento en privado—, pero una clase de primero de EGB es la «puta guerra», como le dijo el jefe de estudios a mi madre al día siguiente.

Se reventaron a risas, se pusieron a golpear la mesa con el bote metálico de los lápices y los más locos me señalaban con el dedo, que creo que es lo peor que alguien puede hacerte nunca y eso pensé mientras volvía a llorar. Que a todo esto resulta, me dijo un hijoputa muy bajito, un verdadero elemento, que cantaban «hip, hip, hurra» porque les había tocado en la misma clase a muchos de los que ya venían del parvulario. Que eran «los mejores», los del «grupo B», que corrían más que nadie y jugaban mejor al fútbol, y ahora estarían juntos ocho años seguidos, de primero a octavo. Yo pensando que eran un comité de bienvenida y resultó ser la primera generación nazi del colegio de educación infantil y primaria de Campolongo.

Ese fue mi primer día de cole, imaginad los demás. El primer año mis padres vinieron como seis o siete días a hablar con el jefe de estudios, y cuando digo mis padres digo mi madre, que volvía a casa preocupada mirándome de arriba abajo. Papá entonces hablaba conmigo y me decía cosas que no entendía ni entendí nunca, y bromeaba de una forma absurda, a veces violenta, y me decía que el colegio era la mayor «fábrica de monstruos contemporánea» y me preguntaba si me quería cambiar, y yo le decía que no porque si a mí me separaban de Rebe me rompían el corazón y la vida.

El segundo año fue mejor, hice algunos amigos y en los recreos saltaba con unas niñas a la cuerda, que olía muchísimo a mierda de vaca. El tercer año suspendí todas, y eso que ese curso hubo un recreo que me lo pasé entero saltando sin tropezarme ni nada, con Inesita Labocane en un extremo y Ruth Guapa en otro, y alrededor de nosotros hubo un coro de aplausos, silbidos y fiesta como si un futbolista estuviese dando toques a un balón. El jefe de estudios le dijo a mamá que ese año no podían hacer «ya nada», así que supongo que los dos anteriores estuvieron haciendo un huevo, porque en tercero y en cuarto yo no aprobé ni gimnasia. Por qué no aprobé gimnasia no me lo preguntaron y no pude responder entonces ni me apetece responder ahora, pero ya lo contaré algún día si veo. Sólo digo una cosa: si un niño le tira una piedra a las gafas de un profesor y le revienta un ojo, a lo mejor, después de expulsar al niño dos meses, a lo mejor, al final de todo, habría que preguntarle al niño por qué lo hizo. Con el jaleo, el ciego gritando y la bronca que se montó en el colegio y en los periódicos, nadie me dijo nada a mí. Y se quedaron sin saber que me tenían que haber expulsado no por reventarle un ojo, sino por haberle dejado sano el otro.

Elvis Karlsson, todo él en general, me aburrió pronto, o debió de aburrirme, porque me empecé a quedar dormido mientras oía de vez en cuando los pasos de algún niño entrando y saliendo del baño. No sé ni cuánto tiempo dormí, sé que me caí en algún momento y que sentí que en el suelo estaba más cómodo y seguí durmiendo.

Cuando me desperté tenía enfrente la cara de una niña que me sonaba un montón. Una cara blanca llena de pecas, los ojos verdes, pero no verdes como los de las actrices sino como los de los gatos, con muchas terminaciones de colores grisáceos. ¿Cuánto había dormido? ¿Y qué hacía allí, con los ojos abiertos como platos, Claudia Romero Viscasillas? ¿Por qué no puse yo el pestillo, si el pestillo lo es todo?

—¡Tambuuuuuu! —gritó.

En la puerta, mientras me despertaba, se asomaron como doce mil caras de niñas riéndose de mí, alguna con el dedo en el aire señalándome. Otra vez toda esa maldad ahí del primer día, sin terminar de irse; aquello tenía que ser una asignatura más, si no yo no lo entiendo. Al menos esta vez ya estaba en el váter por si me daba por mearme.

Claudia, que ya tenía mi mochila en su espalda, me cogió del brazo y me sacó corriendo entre la marabunta de carniceras que se reían también de ella, yo creo que por el hecho de conocerme. Por el ajetreo que había en todo el colegio, debía de ser la hora del recreo.

—¿Qué hacías en el baño de las niñas?

—¿De las niñas?

—Esther vio un bulto por debajo de la puerta y avisó al resto de sus amigas. Esther es as-que-ro-sa.

Claudia sabía odiar. Creo que me hubiera enamorado de ella si no me hubiese metido antes la lengua el cerdo de Dani Ojitos. ¿Cada niño era del primero que le hacía eso? Había tantas cosas que los adultos no explicaban.

—¿Parezco un bulto? —pregunté.

—Ven —tiró de mí.

Me llevó hasta el pasillo de los de quinto, donde esperaba Elvis, que tenía las rodillas del pantalón tan sucias que parecía haber acabado de enterrar a alguien; me daba muchísima vergüenza mirarle a la cara debido al asunto de Ojitos. Claudia le dio a él mi cartera para que la pusiese en mi mesa, y a mí me llevó fuera del colegio. Pegué mi nariz a ella para comprobar que se había echado su colonia y, por tanto, olía mal. Se abrió paso entre los grupos que jugaban en las pistas; muchos niños se metieron con ella, la llamaron «estrecha» todo el rato y «maripecas» y «topa». «Topa» supongo que por las gafas, que hay que ser un capullo de primera; a veces me preguntan si me arrepiento de algo y siempre contesto que de no haberlos matado a todos, sobre todo a los mayores, a los de trece y catorce años.

Claudia no iba a ser popular en el colegio, se le veía a leguas. Era organizada, mandona, lista y creo que sufría mucho por los chicos, al menos a Rebe no paraba de hablarle de ellos y luego Rebe me venía a mí con el cuento, pero con mucho tacto porque Rebe era mala pero no era cruel. Yo creo que lo que nos pierde es la crueldad, porque malo es imposible no serlo. Pero sólo hablaban de chicos cuando estaban solas, porque si Rebe estaba con más gente se comportaba otra vez como si no le importasen nada.

Yo no tenía ni idea de qué significaba «estrecha» y se lo pregunté a Claudia en cuanto nos quedamos solos, en el callejón donde estaba la jefatura de estudios.

—¿Por qué te llaman estrecha?

Claudia me miró con sus ojos grandes y verdes que a mí no me gustaban mucho, a través de las gafas, arrugando las pecas, y me dijo que no lo sabía y que tampoco sabía lo que significaba. «Me lo empezaron a llamar este curso», dijo, y pensé que menudo suplicio, porque llevábamos ya tres días de clase y a mí dos ya me parecían un mundo.

—¿Pero será por algo en especial? —pregunté. Yo no entendía que te llamasen algo y no supieses por qué; si a mí me hubieran llamado rinoceronte, por ejemplo, me pasaría el día buscándome el cuerno.

—No, ¡no hice nada! ¡No tengo ni idea de por qué me lo llaman! —Claudia se puso muy nerviosa, si tuviese lágrimas en el cuerpo casi diría que podría llorar—. Y además a mí no me encontraron en el baño de las chicas mayores, ¿puede saberse qué te pasa?

—Pues que no sabía que era el de chicas.

—No sabías que era el de chicas, ¿no? Pues está todo el mundo pensando que te has metido allí para mirarnos.

—¿Para miraros? Si ya os miro todo el día.

Claudia se sentó en un escalón y yo con ella. Como no había podido ver a Rebe, me estaba muriendo de hambre. Y además estaría buscándome como una trastornada por ahí; la última vez me había rescatado de un polis y cacos porque a los de clase les faltaba uno, y me puse a correr alrededor del colegio mientras me llamaban de todo.

Yo siempre corría alrededor del colegio en el recreo, lo aprendí a hacer con Elvis. Tampoco es que fuera muy difícil. Un día se plantó frente a mí y dijo: «¿Corres?». Me puse a su lado a ver qué hacía y echó a correr, y corrí con él. Yo no sabía si estábamos compitiendo o qué, así que por si acaso aceleré un poco y gritó asustado: «¡Pero adónde vas!». Me puse de nuevo a su lado y pasamos todo el recreo dando vueltas al edificio sin decir palabra, como cuando el abuelo jugaba a las cartas, que se pasaba seis horas sin hablar.

Claudia me preguntó por qué no había ido a clase, le respondí que no sabía. Me dijo que no le diría nada a Rebe y yo le dije que muchas gracias, que ya se lo diría yo. Me preguntó si me pasaba algo y todas esas cosas. Claudia me daba pena y empezaba a quererla un poco, porque era una niña muy buena con muchos problemas, incluido el de parecer imbécil. Todo el colegio estaba lleno de niños como ella, pero Claudia iba de cara. No podía disimular nada. Tenía trece años ya, como Rebe. Rebe era del montón, que es lo mejor que se puede ser en la vida. Es lo que siempre nos dijo papá que fuéramos y al menos Rebe le hizo caso. Yo no, pero creo que porque nadie me permitió ser de ningún montón.

—¿Ves a ese gilipollas? —Claudia señaló a un niño mayor que estaba con otros al lado de una verja, donde se ponían los de octavo que ya estaban por encima de juegos como los trompos, el baloncesto o polis y cacos. Eran guays.

—Hay muchísimos gilipollas ahí.

—Eso también es verdad. Mi gilipollas es el de la cazadora vaquera de borreguillo.

—Parece una Levi's.

—Sí, es Levi's. Es un pijo.

—¿Qué le pasa?

—¿No se lo vas a decir a nadie?

—No, claro.

—Seguro, ¿verdad?

Me escupí en la mano y se la ofrecí, como había visto hacer en una película, y Claudia me dijo que me la metiese por el culo. Luego me contó que aquel verano había quedado para «salir» con ese niño, que se llamaba Esteban, pero le llamaban Gálaxy. No pregunté por qué le llamaban así porque llega un momento en que ya no das abasto.

Gálaxy y Claudia, que se conocían de antes y no sé de qué, quedaron un día de julio en Pontevedra y se fueron al parque de Las Palmeras y luego junto al río, donde Gálaxy fumó «un porro» con mucha ceremonia de malote, dijo Claudia. Claudia también dijo una frase que me hizo mucha gracia, algo así como que los pijitos haciéndose los delincuentes acaban todos en la cárcel porque no conocen el límite.

Ahí, completamente solos, se empezaron a dar besos. Besos en la boca y con lengua; Claudia me matizó que no era la primera vez, como si yo tuviese algo que decir al respecto. Entonces sintió cómo Gálaxy le movía un poco la camiseta y colaba la mano por dentro. Le dejó hacer porque no podía pensar, me dijo la pobre. Aquello me sonaba tanto que estuve a punto de levantarme y decirle: «¿Ah, sí? No me digas. Cuéntame más».

«Me tocó las tetas», recuerdo esa frase perfectamente porque empezaba a oírla muchísimo. «Me tocó las tetas». Claudia dio un respingo, como si Gálaxy se las hubiese vuelto a tocar desde la distancia, pero siguió. La imaginaba enamorándose y dándole a su primer amor la primera concesión de una larga lista de concesiones que acabarían arruinando su vida al cabo de mil años. O en diez minutos, que fue lo que tardó Gálaxy en colarle también la mano en los vaqueros. Claudia se la apartó. Me contó que estuvieron peleando en broma y en serio un buen rato, él que sí y ella que no, que la tiró sobre la hierba y se puso encima de ella diciéndole que le iba a gustar, y que ella intentó separarse pellizcándole las manos y luego soltándole un arañazo en el cuello.

Gálaxy se apartó, la llamó «zorra» y «estrecha», y le dijo algo así como que se iba a arrepentir porque no volvería a tener la oportunidad de estar con un tío «como él». Le pregunté si había llorado, me dijo que no, y me alegré: la idea de imaginarla llorando sola junto a ese río de mierda me dio muchísima pena, sobre todo porque yo creo que Claudia no sabía llorar. «Ése quería probar a qué sabe una de aldea», me dijo. También me contó que ella le había propuesto a Gálaxy pasear por la Alameda, ir a jugar a la sala de máquinas o incluso ir al cine, que era como una invitación a mucho más. Pero Esteban Gálaxy «iba a lo que iba», dijo. Y yo también creo que otra cosa a la que iba Gálaxy era a no dejarse ver con ella, porque por Rebe yo sabía que en el cole había niños que querían hacer cosas con niñas, y eso era lo único que les gustaba de ellas, lo que hacían.

Claudia había tenido un arranque de sinceridad tan espectacular que yo no me mordí la lengua.

—Claudia, ¿qué pasa si os tocan las tetas?

—¿Qué?

—Que si los chicos sienten algo especial. Todos os quieren tocar las tetas.

—¡Excitan, Tambu! Las tetas os excitan —se las subió con las manos, juntándolas: tenía dos tetas muy crecidas ya.

En una de las charlas de Pili con mamá, fumando las dos como carreteros en la cocina, me enteré de que Robertito Televés, uno de los nueve mil hijos de Pili, se había obsesionado con las tetas de ella como un loco.

—Es normal —le decía mamá.

—¿Tambu también lo está? —preguntó.

—No, pero muchos otros niños sí.

Al parecer, Televés le decía a su madre que le gustaban mucho sus tetas y que le parecían tetas «suculentas». También se paraba en las tiendas de lencería. Las niñas le daban «indiferencia», dijo Pili, pero se quedaba «apampanado» con sus tetas. Eso era un problema porque Pili, una mujer alta y fuerte con unas tetas enormes, efectivamente, no podía ir ya por casa en sujetador. «Se baba, es asqueroso», llegó a decirle a mamá. Mamá respondió algo así como que a esa edad si le gustaban sólo las tetas de su madre es que se habría quedado con hambre. No pareció un chiste porque Pili no se rio y dijo que podía ser. Me fui de allí porque pensé que había oído suficiente.

Claudia se levantó y me dijo que me acompañaría a clase. Pero yo estaba algo descolocado.

—¿Tú estabas el año pasado en este cole?

Claudia me miró como si no fuese a responder. Luego respondió.

—Estaba en otro. Mi mamá y yo vivimos aquí un año. Mi mamá y Armando se enfadaron, yo vine a vivir aquí con ella y Elvis se quedó con él.

Me dio muchísimo miedo que Claudia llamase a su padre por el nombre, pero no dije nada. Cuando a alguien le está apeteciendo hablar de algo lo mejor es callarse. Nada hace hablar más que eso. Lo aprendí de papá, que confesaba cualquier cosa si un policía le preguntaba la hora.

Pero ella no siguió.

—¿No vas a jugar este rato, no vas a hacer nada? —me preguntó de repente, como si despertase de un dolor.

—Podría, pero me quedo. ¿Estás bien?

—Estoy bien, gracias. Puedes contarme qué te pasa, soy mayor que tú. ¿Por qué fuiste a nuestro baño y por qué me haces esas preguntas ahora? ¿Quieres ver alguna chica desnuda?

No me lo podía creer. No había visto desnuda ni a mi hermana, y creo que hubiera gritado si lo hiciese. Le dije una media verdad: estaba cansado, quería faltar a clase y seguir durmiendo, y me alejé tanto de mi aula que acabé en el pasillo de los de séptimo. Me pareció ver a un chico de melena fumando; bien, ahora sé que era una chica. Pero no me dijo nada, más bien se escondió de mí. Y me subí a un baño y me puse a leer *Elvis Karlsson,* que menuda idea.

—No sé por qué le gusta tanto a tu hermano, es un libro de mierda.

—Habla bien. Y no le gusta a mi hermano, le gustaba a mi madre.

—Pues menos mal para ti que no le gustaban los libros de Puck.

Me eché a reír y Claudia también. En ese momento no se me ocurrió nadie más que pudiera pillar el chiste tan rápido como ella y yo. Yo por superdotado o tonto, aún se estaba decidiendo en «las instancias del poder», como decía papá; Claudia porque leía mucho, estaba todo el día leyendo y esa semana no había hecho ningún día los deberes por ponerse a leer, así que en cuanto se descuidase repetiría curso.

Sonó la sirena, que estaba encima de la jefatura de estudios y casi me revienta los oídos.

—¿Vamos? —Claudia se levantó y me estiró su mano. Le dije que no con la cabeza—. ¿Es que te pasa algo en clase?

Le dije que sí, no había escapatoria posible. Se me formó un nudo en la garganta, el nudo que había tenido todo el día, y al final se lo conté.

—Mi compañero me quiso pegar. Le metí una mano pegajosa entre el libro, una tontería, yo le llamé Bomba y el capullo me quiso pegar el otro día y, como no me pudo pegar, seguro que me pega hoy.

—Vamos a hacer una cosa —Claudia soltó un suspirito—. Vienes conmigo a clase y ese chico no te va a hacer nada porque está el profesor. Y al salir te recojo yo en la puerta, en la puerta de clase ya, ¿vale?

—Vale —dije.

Volvimos por donde habíamos llegado, por la zona en la que estaban los mayores en el recreo, así que no me preocupé de encontrarme con Dani Ojitos, en quien casi no había pensado en todo el día porque no me preocupaba exactamente él, sino lo que hizo y si lo repetiría, y qué tendría que hacer yo entonces, matarlo o qué.

Nos retrasamos bastante porque a la vuelta del recreo se organizaba muchísima pelotera en la puerta, y siempre acababa en alguna pelea. Claudia y yo nos cogimos de la mano y esperamos a que pasasen los más salvajes. Formábamos una pareja de lo más peculiar.

—¿Qué hace Elvis? —pregunté. De repente me preocupó muchísimo que Elvis estuviese solo.

—Se quedaba con los de clase.

No me podía imaginar quiénes eran los de clase que se iban a quedar con Elvis, la verdad. Elvis y yo éramos esa especie de niños que no tienen más remedio que juntarse porque se encuentran fuera de los sitios. Si no hubiese estado con Claudia esperando a que entrasen los demás, sin atrevernos a meternos en el montón, estaría con él. Y de la misma manera que en el recreo habíamos corrido rodeando el colegio, también pasaríamos el tiempo rodeando a los demás, hablando de ellos, sin poder entrar nunca.

Cuando Claudia me dejó en mi clase y me empujó para dentro, todo hay que decirlo, aquello parecía el oeste. Lo primero que me encontré fue a Guillermo Peláez Sáez, «Piruleta», altísimo, corriendo detrás de muchos compañeros gritando «tengo sida, tengo sida». Lo hizo ese año y el siguiente, y cuando me lo encontré años después su apodo era «Piruleta de sida», así que se le quedó la cabeza descansada. Tres o cuatro bestias, entre las que reconocí a Jairo Barbeito, habían metido a Olalla y Carolina en el ropero y les estaban tapando la cabeza con la ropa. Al ver alejarse a Claudia, Jairo salió corriendo un momento del ropero y le gritó: «¡Estrecha, maripecosa!».

Yo a Jairo le tenía muchísimo miedo desde que lo había visto por la calle con Canica, un niño mayor, repetidor de muchísimos cursos, que no iba ni por el colegio. Canica andaba mucho en Las Palmeras con Bombillo, que era un tío enorme de por lo menos veinte años y que daba el palo a base de bien. En aquellos años lo que había era muchísimos drogadictos, y los drogadictos lo que hacían era dar el palo. En Campolongo los llamábamos «yonquis», y yo al principio pensaba que la palabra era sólo propia de nuestro colegio —en realidad creía que todo era propio de nuestro colegio, no conocía a niños de otro colegio ni tampoco mucho mundo más allá— y también pensaba que «drogadictos» era una forma de llamar a los vagabundos que te daban el palo. Pero no, resulta que tomaban droga.

Una vez le pregunté a mamá qué era la droga y me enseñó unos medicamentos que estaban en la cocina y me dijo que eso se tomaba cuando uno estaba mal, pero si se tomaba cuando uno estaba bien, sólo para estar mejor, pues eso era la droga. Mejor no parecían, desde luego, pero me callé porque hay asuntos que los padres prefieren que uno los descubra preguntando por ahí.

Una manera de conocer a todos los drogadictos de la ciudad era cruzar el puente de A Barca, que llevaba a un poblado de chabolas en el que se vendían las drogas. Estaba el Señor de los Ganchos, un hombre sin nariz que se había metido en algún momento en todas nuestras pesadillas, delgado y altísimo, muy drogadicto, o eso decía Rebe, y con cuatro pelos quemados en la cabeza. Todos teníamos una historia que contar del Señor de los Ganchos. La mía fue que me crucé una vez con él y me miró mal, algo de lo que no tengo ni idea porque me hubiera sacado los ojos antes de mirarle a los suyos. Mamá nos decía a Rebe y a mí que no lo llamásemos así. Ella decía que se llamaba Martín y que se había quemado en la cárcel y su historia era muy desgraciada, y yo la creo; el caso es que el hombre no tenía manos, tenía ganchos, le salían ganchos de los brazos, y cómo quería que lo llamásemos, ¿Martín?

Mano Siempre en Polla no era drogadicto, era simplemente un chaval que tenía la mano en el bolsillo muy cerca del pito y andaba por los alrededores del colegio. La policía lo detenía cada dos por tres porque no podía estar allí, no porque ya hubiese acabado de estudiar o quisiese estudiar más, sino porque al parecer le gustaban mucho los niños. Tenía el pelo muy negro, de rizos, sin peinar, y daba una imagen bastante lamentable con un jersey viejo de lana y el cuello de la camisa por fuera, toda la ropa sin marca visible. Yo odio los cuellos de la camisa por fuera del jersey, y que tuviese la mano siempre en la polla cuando paseaba por ahí la verdad es que me daba igual. Además, esa palabra, «polla», yo no la pronunciaba, me imponía mucho respeto porque la consideraba, como «puta», «hijo de puta» y «hostia», una de las peores que se pueden decir.

Malaherba era el más famoso, también de los más viejos o al menos el más antiguo, cosa que no sé distinguir bien. Rebe me contaba que a todos los hermanos mayores de sus amigas de clase les había dado el palo; que le había dado el palo a todo el mundo, en realidad, y que era el tío que más miedo daba de Pontevedra, cosa que era estúpida de medir. Cada poco tiempo se decía que había muerto, que estaba en la cárcel o que se había marchado a las islas Canarias. De Malaherba no tengo ni idea de la primera vez que oí hablar, pero era algo así como la Santa Compaña que se decía que andaba por las aldeas, la Mano Roja que contaban que salía de un agujero del edificio de parvulitos del cole o el Hombre del Saco, que a esas alturas de la vida, con diez añazos, ya nos daba la risa a todos. O sea, un personaje no se sabe si imaginario o real. Nadie había visto a Malaherba o nadie lo había visto bien, por eso creo yo que era tan mítico, aunque seguro que al final era otro capullo aparcando coches. El caso es que siempre había una buena historia que escuchar de Malaherba, porque en realidad lo que pasaba y no pasaba se decía que lo había hecho él. Fósforo decía que cuando Jairo pronunciaba su nombre lo hacía bajito, pero es que Jairo era un flipado que andaba con los mayores y supongo que creía todas las historias que le contaban; Jairo tenía una navaja mariposa y a veces la sacaba de la cartera en los recreos y se ponía a practicar con ella como un gilipollas. En cualquier caso, aquel miedo a Malaherba funcionaba muy bien porque lo que se contaba es que Malaherba perdía la cabeza y se volvía loco, y de repente tenía el «mono» y le pegaba una paliza a cualquiera si no le daba el dinero. Pegar tenía un prestigio enorme en el cole, pero que te pegasen no tanto, aunque lo hiciera un desgraciado que te sacaba cinco cuerpos.

Los cambios de clase y la vuelta de los recreos creo que eran la cosa más loca de mi vida, como si le hubiesen dejado el mundo solo a los niños, sin ningún mayor a la redonda. Pero es que además aquel día la clase siguiente era la del Cándido, así que se nos iba todo de las manos. A veces estábamos tan desesperados por no saber montar aún más jaleo que cogíamos el pupitre y lo golpeábamos contra el suelo haciendo temblar las paredes. Con pistolas en las manos hubiéramos disparado al techo de felicidad. Hasta que de repente entraban seis o siete que estaban fuera del aula peleándose en el hall, y todos parábamos porque al final del pasillo se acercaba el Cándido cargando libros bajo el brazo y echando pestes. Era un viejo refunfuñón del que podría decirse eso que dicen los mayores de que tenía un corazón que no le cabía en el pecho, con unos ataques de ira de cuidado y una generosidad de locos. Era pequeño, calvo y tenía la cara sembrada de arrugas de viejo. Las clases de después del recreo las llevaba mal que bien. Venía con el vino en la cabeza, se sentaba en su mesa y ordenaba leer.

La escena era siempre la misma: entraba en clase, ya calmada y con cada uno sentado en su sitio aguantando la risa, y soltaba el dedo aquí y allá: «Tú, tú y tú: ponte fuera». Lo del dedo era según cayese. De hecho, él no miraba a ninguna parte, sólo al frente. Así que nadie se movía hasta que un alumno que ni se había levantado durante el follón, y probablemente había aprovechado ese tiempo para repasar la lección del día, tenía la sensación de que uno de los dedos lo había apuntado a él. El Cándido estaba sentado en su mesa esperando ver a algunos (ni siquiera él sabía cuáles) marcharse como pago al escándalo del cambio de clase, y este niño levantaba la mano, un poco incrédulo, y decía: «¿Yo, profesor?», y el Cándido respondía, abriendo mucho los ojos: «¡Sí, tú, tú, y quién va a ser sino tú!».

Un día el Cándido, caminando en silencio por la clase como hacía siempre, nos pilló a mí y a Ricardito Fósforo enseñándonos el pito. La «pirola», la llamaba Fósforo. Se nos había puesto duro no sé por qué, y jugamos a enseñárnoslo en medio de la clase entre risas. Yo me bajaba el pantalón del chándal unos segundos, muy pocos, y Ricardito lo miraba, se reía, y hacía lo mismo. Nos pegamos un poco para vérnoslo más de cerca, y el despiste monumental nuestro fue que nos pedimos, casi a la vez, bajar la capuchita. Yo bajé la mía y se asomó lo que siempre habíamos llamado en casa el pececillo, y Ricardito Fósforo hizo lo mismo. Estábamos tan preocupados de que no nos viesen los compañeros que nos olvidamos del Cándido, un señor con tantos años que debería haber visto a un millón de niños haciendo cosas así. Que era bastante asqueroso, por otra parte, porque yo a aquello que se escondía en la capuchita no le encontraba sentido ninguno; servía para hacer pis y también para hacer el tonto en clase, eso era.

—¡Poneos fuera, tú y tú! —oímos a nuestra espalda.

Nos dio el susto de nuestra vida. Un susto tan grande que salté diciendo que no estaba haciendo nada, que por qué me expulsaba, y todo esto aún con el pito fuera del pantalón del chándal.

—¡Tápate! —hizo un gesto muy exagerado echando la cabeza para atrás, su vieja cabeza de animal disecado. Ese día estaba particularmente enfadado porque había aparecido su hijo en clase; el hijo del Cándido, que era drogadicto y tenía melena, entraba allí a pedirle dinero y luego se iba. Estas cosas pasaban, que nadie piense que me las invento.

Fósforo y yo salimos de clase y seguimos enseñándonos el pito en el hall, y él se bajó el pantalón hasta por debajo de los huevillos, un saquete limpio y brillante que me dio muchísima grima.

Cuando llegué a mi sitio después de pasar el recreo con Claudia vi en mi mesa a Dani Ojitos sentado con las piernas colgando como si fueran palitos de hockey. Llevaba un polo azul, un pantalón corto y el pelo peinado de forma muy exagerada.

—¡Hola! —dijo.

—Hola —respondí, y me puse a hacer cosas, como dejar los libros en el pupitre y empezar a ordenar la mesa con los cuadernos que iba sacando. En eso me parecía mucho a papá, que también se ponía a hacer cosas increíbles si estaba muy nervioso y no quería hablar con alguien. Mamá decía: «Tenemos que hablar», y papá se dedicaba a hacer la casa de arriba abajo con la cara colorada. Ya no había que hablar.

—¡Qué te pasa!

—Nada, es que no vine a clase antes del recreo.

—¿Me lo dices o me lo cuentas? —dijo Dani Ojitos.

—Tenía mucho sueño, porfa, no se lo digas a nadie.

—No pensaba contarlo a nadie, era sólo un juego.

Recuerdo que lo miré un momento, la única vez que miré de verdad ese día a los potentes ojitos de Dani Ojitos, y pensé si se había vuelto loco. Fue el momento que tardé en recordar por qué estaba nervioso delante de él. Sólo la idea de que estuviésemos hablando él y yo ya me hacía sospechar que el resto de la clase supiera algo.

—Perdón —dijo sin que yo respondiese.

—Qué tontería —dije—. ¿Qué hicisteis en Sociales?

—Nada, chorradas. Jairo se metió con Rubén y le dijo que le iba a romper la cara —Ojitos se echó a reír. Le espantaba la violencia de una forma tan grande que se moría de risa. Nada le cabía en la cabeza.

—¿Y Elvis?

—No lo sé —dijo señalando a Elvis. Estaba en su pupitre hablando con Inesita Labocane.

—Oye —dije apartándolo un poco—, no le digas a mi hermana que no vine a clase, porfa, ni le digas nada de nada nunca.

—Ya, perdón —dijo. Iba a decir perdón toda su vida. Acabaría metiéndole yo la lengua para que se callase.

Bomba se coló de repente en medio de los dos, empujándonos para llegar a su mesa; el Cándido se acercaba por los pasillos del colegio. «A ver, parejita», dijo. Todos se fueron corriendo a su mesa, también Dani Ojitos. Yo de pie miré cómo Bomba se sentaba en la silla y me miraba diciendo que, si no me sentaba, el Cándido me iba a echar.

Cogí de la mesa de detrás la grapadora de Jairo Barbeito, y se la rompí en la cabeza a Bomba. Le di con toda la fuerza, y digo que la rompí porque se desmontó con el golpe, saltando las grapas por un lado, y luego le di dos puñetazos que sonaron muchísimo en clase. El Cándido ni siquiera había cruzado la puerta cuando empezó a gritar «ponte fuera, ponte fuera», pero lo decía porque había que decir algo, era imposible saber a quién se refería. Se habían echado varios compañeros encima de mí y me separaron de Bomba, y en cuanto me estaban separando pedí perdón, pedí muchísimas veces perdón y empecé a llorar como nunca. Hacía muchísimo que no me peleaba con nadie, por lo menos desde antes del verano, pero nunca me había sentido tan mal al acabar. Todo era un desastre y me quise morir allí mismo, y aquella sensación me hacía sentir muy bien porque ya no me quería morir por el beso de Dani Ojitos. Eso de repente me dio igual.

Pasaron quince minutos, eso sí, hasta que alguien convenció al Cándido de que había sido yo el de la pelea, porque al llegar y ver a varios levantados echó a Estanis, a Martiño y a Ruth, a esta última por decirle que ellos no habían sido, que había sido yo. «Ponte fuera tú también», le dijo. Yo aún me quedé un rato allí parado, de rodillas en mi silla, sujetando el libro de *Elvis Karlsson* supongo que para atacar con él si alguien se acercaba, porque para leer ya sabía que no valía. Pero estaba tan incómodo que me fui por voluntad propia a entregarme al jefe de estudios y luego a preguntar por Bomba a la enfermería. Me hizo gracia porque de camino me encontré con el profesor de gimnasia del año anterior, que me vio cruzando solo el patio en horario de clase, con los puñitos rojos y la cara llena de surcos de lágrimas, volviendo de amar a un niño y de matar a otro. Me apartó la mirada, o lo que le quedaba de ella.

IV

Al día siguiente papá volvió a casa y lo primero que hizo fue preguntarme qué había soñado.

Yo siempre he soñado mucho. No me refiero a los sueños que tiene la gente de ser tal o cual cosa, que me parece muy bien siempre que nos dejen a los demás en paz, sino a los sueños que se tienen durmiendo y se recuerdan al despertar.

Al principio yo salía de los sueños como de un accidente y me costaba muchísimo recuperarme, como si no supiese lo que había pasado. Tenía sueños que me daban mucha angustia y también sueños felices, pero en cualquier caso me despertaba en medio de la oscuridad, en mi cama nido de la casa del pueblo, creyéndome rodeado de la gente que salía en esos sueños. Así que me quedaba quieto durante minutos en silencio, pensando que estaban por allí el tío Rodrigo o la tía Concha, el primo Carlos, el abuelo Matías y la abuela Elisa, o el profe Abundio y Servando el del bar, o Niño Antonio de la guardería, y cuando me acostumbraba a la oscuridad y empezaba a ver, entendía que los había soñado a todos. Que seguían existiendo, pero no como yo los había hecho existir.

Soñaba mucho con mis compañeros de clase de parvulario, pero ya casi no me acuerdo de ellos y eso supongo que es como si no hubiesen existido y sólo los hubiese soñado. Además de Niño Antonio recuerdo a un niño que se llamaba Germán y se hacía caca siempre en clase, y lo recuerdo por el olor, porque de pequeño es imposible olvidar el olor de la caca y ya cuando creces es imposible olvidar el olor de la mierda.

A papá le gustaba que le contase mis sueños. Una vez, de camino al colegio, a la altura de la tienda de Teolindo, le conté uno que tuve en el que me disfrazaba de Spiderman, con un disfraz viejísimo del tío que estaba en casa de los abuelos: el primer disfraz del tío, un traje que se puso cuando debía de tener once o doce años. Pues bien, en mi sueño yo encontraba ese traje y me lo ponía, pero después de colocarme la capucha de Spiderman veía que en una de las mangas tenía un botoncito que supuse era para lanzar telarañas. Sin embargo, al pulsarlo no pasaba nada. O sí, sí había pasado algo, pero yo no me había dado cuenta: me había convertido en el hombre invisible. Así que podía ir por ahí sin que nadie me viese, pero aquello me torturaba porque yo era Spiderman.

¿De qué sirve ser Spiderman si nadie te ve? Eso era lo que yo no entendía. Yo no sé si a Peter Parker le frustraba que no lo conociesen como Spiderman, supongo que no porque los superhéroes nunca van diciendo por ahí soy éste o soy aquél, pero ¿qué pasa cuando Peter Parker se convierte en un Spiderman invisible? ¿Se puede ser más gilipollas?

Papá me explicó que en el fondo es como si fueses dos superhéroes en uno, y puedes hacer mejor las cosas que te propongas, así que supongo que el sueño iba de qué es más importante: poder hacer mejor tu trabajo o que te aplaudan por hacerlo un poco peor.

Yo de pequeño quería ser Spiderman para ir saltando de un edificio a otro y que todos me mirasen con la boca abierta; ahora no sé lo que quiero ser, pero casi prefiero que no me mire nadie con la boca abierta porque ya sé lo que se siente y no es agradable.

Me acuerdo de papá y de sus lecciones sobre no ser ni el primer o ni el último, y también de su cara de felicidad cuando le conté mi sueño de Spiderman porque supongo que él, de haber sido un superhéroe, el primer deseo que pediría sería ser invisible.

Nada más entrar por la puerta, papá se rio un poco al vernos, nos preguntó algunas cosas sin mucha lógica, luego dijo algo que no entendimos y fue a meterse en la cama porque estaba «cansado», como si el hospital fuese un parque de atracciones; no se me ocurre qué más se puede hacer en un hospital que estar tirado en una cama. Rebe le contó muchísimas cosas del cole, de sus amigas y de Armando, Claudia y Elvis, y aún le persiguió un rato hasta su habitación para seguir hablando. Yo fui a mi cuarto y me puse a montar un puzzle del mapa de Europa que había hecho ya cuatro o cinco veces. Me aprendí todas las capitales europeas con ese puzzle de la misma manera que aprendí muchas cosas de la gente a la que quería juntando sus pedazos.

Pili vino a media tarde y se puso a hablar con mamá, así que me acerqué un momento a la puerta de la cocina y las escuché un rato, pero hablaban muy bajo y no entendía nada de lo que decían. Me metí en la cama pensando en suicidarme, o sea esconderme debajo de las sábanas y aguantar la respiración hasta que alguien me dijese algo. Lo hacía mucho cuando me reñían por algo o me enfadaba, y siempre aparecía Rebe corriendo a quitarme las sábanas de encima. Pero como fue un intento de suicidio improvisado, sin ningún motivo más que llamar la atención de papá, nadie venía a la habitación y tuve que respirar yo solo sin que ni siquiera Rebe supiese que me estaba suicidando.

De noche me despertaron esos ruidos que las casas producen cuando creen que todo el mundo duerme. Salí al pasillo y vi la luz encendida del salón por debajo de la puerta. Fui allí y la abrí, pero casi no pude ver nada por culpa de una enorme humareda de tabaco. La escena, sin embargo, era muy familiar, como si la hubiese visto muchas veces cuando era más pequeño, a una edad de la que no tenía memoria. Papá estaba desplomado en su sillón favorito, uno grande en el que se hundía un buen trozo, con un cenicero desbordado de cigarros y ceniza en un reposabrazos y unos auriculares enormes en las orejas, tan grandes que parecía Mickey Mouse. Tenía un pitillo encendido en una mano, los ojos cerrados y en el tocadiscos había una lucecita verde mientras el disco giraba. Parecía estar dormido o muerto, pero cada vez que la ceniza del cigarro estaba a punto de irse al suelo, movía el brazo sin abrir los ojos y la dejaba en el cenicero. «Llevo veinte años haciendo esto y está por llegar el día en que me caiga algo», le decía a mamá cuando ella le gritaba por fumar con los ojos cerrados. Me abrí paso entre el humo y, al llegar a él por la espalda, como no me escuchaba, le di dos golpecitos en el hombro. Mal hecho. Pegó un salto enorme y tiró el pitillo encendido a la alfombra; acto seguido se puso a apagarlo como un loco saltando encima de él. Dejó un boquete chamuscado en medio del salón. Había apagado un pitillo como si fuese el incendio del Teatro Principal mientras, en sus orejas, sonaba la música a todo volumen. Luego se giró hacia mí porque yo estaba allí plantado con mis calzoncillos y mi camiseta, descalzo y medio dormido. «Tambu, amor», suspiró ya con los cascos en la mano, dejándose caer de nuevo en el sillón.

—¿Puedo quedarme?

—Un rato.

Me senté en un sillón supongo que como me sentaba siempre, con las piernas debajo del culo, y le pregunté qué tal estaba. Me dijo que bien. Ser padre consiste básicamente en mentir, desde el primer momento hasta el último se pasan la vida mintiendo. Siempre. Yo sabía que no estaba bien porque de momento tenía ojos, y lo veía muy delgado y con el pelo más alborotado que nunca, lacio y triste, y daban ganas de darle un cocido. No le podía preguntar por los abuelos, que eran los que hacían el cocido los fines de semana, y en realidad no le podía preguntar por casi nada.

—Tengo un nuevo amigo —le dije.

—Lo sé, Tambu. ¿Elvis? Podemos poner un disco de él.

—No, no. No se llama así por ese Elvis, es por Elvis Karlsson.

—Pues de ese no tengo música, chico. De Elvis Costello quizá haya algún disco por ahí.

Dije que no con la cabeza.

Papá se levantó y buscó entre los discos. Lo hacía moviendo el índice de uno a otro como si pasase las páginas de un libro. Entonces dio con el que buscaba, que era el que me gustaba a mí. *Nómadas*, de Franco Battiato. Si ponía *Nómadas* se sacaba esos cascos enormes y dejaba que yo escuchase las canciones, así ocurría desde que yo era muy pequeño, porque a mí me gustaban muchísimo dos canciones de Franco Battiato desde que tenía cuatro años. Cantábamos a coro: «Míster Tamburino, yo no quiero bromear / pongámonos la camiseta / los tiempos cambiarán». Me la sabía entera, y muchas veces la tenía en la cabeza a lo largo del día de forma obsesiva y decía «escuálida figura» o «sintomático misterio». La preferida de papá era «Perspectiva Nevsky», y cantaba casi gritando: «Sentados en la grada de la iglesia, esperábamos tras la misa que saliesen las mujeres». Escuchábamos esas dos canciones, moviendo la aguja de una a otra, y nos hacía muy felices. Luego gastaba bromas, me vacilaba, me mandaba a recados imposibles, me hacía rabiar y llorar, y decía todo el rato «eres un espectáculo» o «esto es un espectáculo» o «menudo espectáculo». Pero no esa noche ni supongo ninguna más porque se le veía afectado de verdad, como si esa vena rota en la cabeza en realidad se le hubiera roto en mitad del corazón.

De repente me dio muchísima pena que no volviese a hacerme llorar nunca más, y me dio muchísimo miedo que volviese a hacerlo.

Papá sacó la aguja del disco, cogió una foto de mamá y dijo: «Yo fui el último hombre que consiguió salir con la chica que le gustaba». Miró para mí, con la luz de aquel televisor que siempre estaba encendido sin volumen en nuestra casa, y pude verle la cara perfectamente, sin mechones de pelo sobre los ojos ni sombras por todas partes. Era la cara de mi papá si mi papá hubiese vuelto de la guerra.

—¿Te acuerdas de por qué quisiste llamarte Míster Tambourine? —preguntó. Papá el nombre completo lo decía «Tambourine», yo siempre había dicho Tamburino.

Me encogí de hombros. Sé que fue una obsesión que tuve desde muy niño, me encantaba cómo sonaba y había preguntado por qué los niños no podíamos llamarnos como quisiéramos.

—¿Por la canción? —dije.

—Por la canción, eso es. A tu madre y a mí nos alegró mucho, porque de verdad te digo que el nombre que te pusieron los abuelos fue una mierda.

Me eché a reír. Eso mismo se lo decía yo a los profesores y al final casi todos me llamaron Tambu por cansancio, porque yo les montaba unas películas que no les merecía la pena llamarme por mi nombre.

—¿Sabes qué significa Míster Tambourine?

—Señor Pandereta —dije. Odiaba la palabra pandereta, y la pandereta también, pero un verano los abuelos nos habían vestido de gaiteros a Rebe y a mí y tuve que llevar una pandereta, porque gaita ya sí que no.

—Y es una canción original de un tío americano muy guay que se llama Bob Dylan. La canción original es «Mr Tambourine Man». *Man* en español es hombre, ¿eso lo sabías? Y la canción que nos gusta, la de Battiato, dice: «Míster Tamburino, los tiempos cambiarán», porque otra canción muy famosa de ese americano Dylan es «Los tiempos están cambiando».

—¿Cómo se dice en original?

—They Times They Are A-Changin' —ahora que lo pienso, supongo que lo pronunció como el culo. Mi padre no tenía ni idea de inglés, y yo no tenía ni idea de que existiesen otros idiomas aparte del gallego y el español.

Mi padre aplastó otro cigarro con un solo dedo como si estuviese hundiendo el ojo de alguien, y enseguida encendió uno más.

—El caso es que este chico, el italiano, Battiato, se mete después con el consumismo, se mete con la falsedad. Pero ese verso que tanto nos gusta: «Qué difícil es seguir siendo padre cuando el hijo crece, y las madres envejecen», es de una vieja canción muy hermosa de un cantante italiano que se llama Gino Latilla. «Tutte Le Mamme».

No hacía frío, se estaba a gusto, pero me había echado una manta en las piernas y lo escuchaba. El salón estaba como en los últimos tiempos, desordenado y oscuro, con algunos periódicos viejos y desencuadernados, y estanterías vacías en las que antes había libros y sólo quedaba una enorme enciclopedia Larousse, porque a mis padres les encantaba regalar libros del Círculo de Lectores. Yo a veces cogía uno para leerlo por curiosidad, porque me llamaba la atención, pero no entendía nada. Se llamaba *La muchacha de las bragas de oro*, pero no aparecían las bragas por ningún lado, o al menos no llegué a ellas. Me pasó como a Gálaxy.

Papá cantó, fue la primera vez en mi vida que lo oí cantar. Ahora a veces me pregunto cuándo fueron las primeras cosas de todo. El primer recuerdo que tengo de mamá y de papá, por ejemplo, no lo tengo. Podría pensar: es que era muy pequeño. Pero crecí: fui niño después de bebé, y tuve capacidad para recordar la primera vez que les vi la cara y la retuve. Yo recuerdo perfectamente la primera vez que vi a Elvis o a Claudia, ¿por qué no a mamá o a papá, o a Rebe? Quizá porque estuvieron siempre, y de los que estuvieron siempre no hay ni primera vez, solo una vez continua, o ese consuelo tenía yo. Sin embargo, sí recordaría la primera vez que vi a papá cantar, más que nada porque lo hizo en italiano, otro idioma que yo no sabía que existía. Y papá tampoco, por lo que me pareció, porque en algunas partes decía «na-nananana».

Son tutte belle le mamme del mondo
quando un bambino si stringono al cuor.
Son le bellezze d'un bene profondo
fatto di sogni, speranze ed amor.

Le pregunté a papá qué significaba eso. Me dijo que todas las madres del mundo son bellas, hermosas, cuando un niño está en su corazón. Me pareció un poco triste, pero no le dije nada. Yo empezaba a tener frío y a notar que papá quería estar solo.

—Hay otro verso... —dijo—. En la canción que nos gusta, la tuya. Dice «qué mísera es la vida con abusos de poder». Se refiere a que los chicos grandes nunca pueden abusar de los pequeños, ni los hombres grandes, nadie puede abusar nunca. ¿Hay abusones en tu clase?

—Un montón —dije.

—Pero a ti no te tocan, ¿eh? Tú eres un pieza. A ti te pasa algo en la cabeza, pero no es malo.

—¿Qué me pasa?

—No, no es malo. Se te cruzan los cables, ¿eh? No es malo. ¿Qué te hizo ese chico para que le rompieses la grapadora?

Me encogí de hombros.

—Si no te hizo nada eres un abusón. Repites curso, no puedes ir pegándole a la gente si no te hace nada. Yo no quiero tener un hijo abusón.

—No soy un abusón, dijo algo que me molestó.

—Pues le dices otra cosa que le moleste a él. Y si te pega, le pegas. Pero no se pega primero nunca, se pega el último.

—Vale.

—Escucha: «Qué mísera es la vida con abusos de poder». Todos abusan, Tambu. De ésos defiéndete. Pero si abusas tú, yo mismo te daré una bofetada.

Yo ya estaba bajando del sofá y me quedé helado. ¿Había dicho eso papá? Ésa sí que era una primera vez. Mamá y papá siempre nos lo decían: a los niños no se les dan bofetadas, no se les pega en la cara. Nadie me quería como ellos, nadie me estaba educando mejor.

Se giró hacia mí con una media sonrisa.

—Ven aquí, tonto mío, que no me sabes pillar una broma.

Y sorprendentemente me cogió y me subió con él a sus piernas, digo sorprendentemente porque pensé que no tenía la fuerza de antes. Me subió, me colocó frente a él y me dijo: «A los niños no se les dan bofetadas. Se les pega en el culete, se les castiga, se les riñe. Pero una bofetada no, nunca. La cara es sagrada». Dije que sí con la cabeza y luego que no y luego que sí, un gesto que según papá yo hacía desde que tenía ocho meses.

Antes de soltarme me dijo que no estudiase si no quería estudiar, pero que leyese; que no pegase si no quería pegar, pero que me defendiese como sea; y que me enamorase, que me enamorase siempre que pudiese.

Fue la primera vez que alguien me habló de amor.

—¿Cómo me enamoro? —pregunté.

Se rompió a reír. Estoy seguro de que olía mal y de que su pinta era de lo más deprimente, pero soy incapaz de recordarlo así: para mí olía bien, para mí era de día y papá estaba bonito, limpio y sano. Creo que es porque las personas son lo que dicen, y no olvidaré ese momento ni lo que significó para mí. Si me lo hubiese dicho en el infierno yo hubiera pensado que estaba en el cielo.

—No ahora, tonto mío. Ahora es muy pronto. Cuando crezcas te gustará alguna chica, te enamorarás de ella como yo me enamoré de tu madre. Fui el último hombre en hacerlo de la mujer que le gustaba. Los demás se fueron apañando con lo que aparecía.

Algo así dijo, y lo que es seguro es que dijo «apañando». Fue la primera vez que oí esa palabra. Deberíamos poder recordar el momento en que escuchamos por primera vez cada palabra, y el momento en que las dijimos. Personalmente creo que no dije «apañando» hasta que la leí ahora en alto mientras la escribía.

Le respondí a papá que no tenía ninguna gana de que me gustase una chica, y que en general ellas se reían de mí, o eso me parecía a mí. Además, es que pasaba. Todos los de clase pasaban, en realidad.

No me atreví a preguntarle qué era el amor, eso sí. Había demasiados discos allí, y por alguna razón pensé que la respuesta tenía que ver con ellos. No me iba a poner a escucharlos todos.

—¿Cuántos años tienes, Tambu? —me preguntó. Estaba como una cabra.

—Diez, pero cumplo once.

—¿Tú sabes lo que hacen los hombres y las mujeres, me refiero a cómo vienen los niños?

La obsesión de los mayores por cómo vienen los niños era una cosa que me traía loco. Qué más les daría, si ya habíamos venido. La profesora Elena, que fumaba en clase, nos daba Ciencias avisando siempre de que un día tendría que enseñarnos los aparatos reproductores, y Bomba se acercaba a mí y me murmuraba: «Nos quiere enseñar la cona».

—Tambu, ¿crees que los traen las cigüeñas?

—No, porque es imposible que una cigüeña aguante el peso de Martiño.

—Qué pieza eres. ¿Alguna vez oíste eso de «hacer el amor» o «follar»?

—Sí —bajé la voz. Tenía la sensación, no la seguridad, de que papá era un bruto. Y no quería que mamá, que estaba durmiendo en la habitación de al lado, lo oyese. En los últimos tiempos discutían más y por cosas más estúpidas.

—¿Antes qué pensabas que era? —preguntó.

—Pensaba que era cuando la gente se abrazaba o se daba besos —dije—. Me daba un poco de asco.

—Pero tú y yo nos abrazamos y nos damos besos.

—Pero somos la familia.

—¿Y ahora qué piensas que es?

—Ahora me da más asco aún.

Una vez, en un cambio de clase, una niña que sólo estuvo dos cursos en Campolongo, la Commodore, contó que había encontrado una revista en casa de sus padres. Dijo que le había dado ganas de vomitar. Eran mujeres y hombres desnudos «como amontonados», muy morenos, con todas las tetas y los pitos fuera. Me pareció una cosa imposible de imaginar. Y me pareció un detalle que sobraba el hecho de que estuviesen todos muy morenos, como si hubiesen ido antes a la playa.

—Dentro de un año o dos, Rebe te dará más detalles del sexo. Donde no te lo van a contar es en ese sitio al que vas los domingos, la iglesia.

—Vale.

—¿No piensas en nadie, alguien que te guste?

—No, la verdad.

—¿Ni sueñas mucho con alguien?

—No, no me acuerdo ahora mismo. Pero ya me lo preguntaste por la mañana.

—Me dijo mamá que estás preocupado porque te hiciste pis anoche y me echaste la culpa a mí.

Me quise morir. Le había dicho a Rebe que no dijese nada. Y no le eché la culpa a él, fue sólo que me puse nervioso por todo lo que había pasado, su muerte y todo eso.

—Yo no te eché la culpa.

—Bueno, fue poco pis. En realidad, lo que te quiero decir es que a lo mejor no fue pis. Es de lo que quería hablarte. Los mayores lo llamamos poluciones nocturnas... Ocurre cuando el pito, bien, pues el pito echa un liquidito, pero eso no es el pis. Es porque estabas excitado en sueños, te pasa porque algo te gusta mucho y el cuerpo, bueno, pues el cuerpo responde. Y... derrama, el cuerpo derrama. Pero no puedes pensar en eso ahora, tienes que leer, aprender cosas. Defenderte si te atacan.

Yo me estaba mareando y creo que él aún más, porque todavía dijo cosas más extrañas cada vez con menos conexión entre ellas hasta acabar poniéndose los cascos, como si me hubiera ido. Mi padre era el hombre más absurdo que conocí en mi vida. También en ese momento reparé en algo que me había extrañado de él cuando llegó y que no sabía lo que era. Se había dejado bigote. Estaba zumbadísimo.

Al día siguiente me despertaron los gritos de mamá en el pasillo. «¡Poluciones nocturnas!, ¡poluciones nocturnas!». Tenía la sensación de haber dormido mucho porque por la persiana entraban algunos rayos de luz que iban a dar a una altura de la pared diferente de lo habitual. Rebe no debía de haber ido al cole. Era viernes y ese día nos gustaba a los dos ir al colegio; ella tenía gimnasia y yo tenía una clase muy divertida de Plástica que nos daba la profesora Elsa, una señora muy menuda y muy mayor que le tenía una manía divertidísima a Martiño Iglesias Pernas porque se contaba que el padre le había operado mal un tobillo. Por supuesto nadie sabía de dónde salía aquella historia, pero lo cierto es que ella cojeaba, moviéndose por la clase como un pingüino, y a Martiño, gordo como un pastel, lo ponía a sudar haciendo más bordados y calceta que nadie, que era básicamente lo que hacíamos en aquella clase. Yo para mí que le estábamos decorando la casa.

Mi puerta estaba cerrada y no oía a papá, aunque papá ahora hablaba bajo y creo que no lo oiría ni poniéndole la oreja en la boca, pero mamá iba y venía de un lado a otro a los gritos: «¡Poluciones nocturnas!». Entonces recordé la conversación que había tenido con papá la noche anterior, y miré mi calzoncillo. Estaba mojado, y estaban mojadas también las sábanas. Había tenido una de esas poluciones. La voz de mamá volvió a sonar, esta vez provocándome un escalofrío porque parecía que me estaba contestando a mí:

—¡Los niños de esa edad no pueden tener poluciones nocturnas, gilipollas, tiene sólo diez años!

En realidad, yo no sabía qué era una polución y a duras penas entendía lo de «nocturnas». Metí la cabeza debajo de las sábanas, pero no con ánimo de suicidarme sino de oler aquello. Me olía como siempre, a pis. Empecé a llorar.

—¡Mamá! —grité.

—¡Voy! —gritó, o sea que no venía. Oí cómo entraba en su cuarto, donde supongo que estaba papá, y bajó un poco la voz, tampoco mucho pero suficiente para que no entendiese nada. Cuando eres niño y pasas mucho tiempo en la cama, a veces fingiendo que duermes, puedes saber exactamente dónde está cada uno y cómo se mueve, adónde se dirige y lo que va a hacer. Mi madre en aquella época, por ejemplo, sabía perfectamente cuándo abría la nevera, qué botella abría o qué embutido comía, todo gracias al ultrasonido que las familias desarrollan en sus casas respecto a los demás.

—¡Es pis, imbécil! ¡Los niños no se corren hasta los trece años! ¿Preguntaste alguna vez cuántos años tenía tu hijo? ¡Tiene diez!

Abrió la puerta, ahora sí. El olor a El Corte Inglés de Vigo llenó la habitación.

—Tambu, mi amor —agarró mi cabeza, dándole un beso—. Tú te haces pis, nada más. Tu padre no tiene ni idea de ciencia.

—¿Entonces no me gusta nadie?

—¿Por qué dices eso?

—Porque dice papá que me mojo por las noches pensando en alguien que me gusta.

Se levantó como un resorte, la pobre, y fue a pegarle gritos a papá. Papá siempre me hablaba como a alguien mayor de lo que era y yo no siempre sabía agradecerlo. Mamá desde luego nunca sabía.

Cuando volvió a mi habitación me preguntó si me preocupaba algo. Una casa en un día normal a las once de la mañana, pongo por caso, estaría vacía. Hoy estábamos todos. Sin embargo, mamá preguntaba si pasaba algo. ¿Por qué en lugar de decirme ella lo que pasaba, me lo preguntaba? Yo creo que porque ese mundo, el de los mayores, consiste en ocultar las cosas preguntándolas, y el de los niños consiste en no querer saberlas respondiéndolas.

—Me gusta mucho estar con Elvis, ¿me mojo por eso?

—No, no, joder, no. Te mojas porque te haces pis, los niños se hacen pis. A veces porque les pasa algo y no saben qué, y a veces se hacen pis por nada.

—No sé, no sueño con Elvis. Sueño con papi, pero hoy por ejemplo no me acuerdo. ¿Eso es que me gusta papi?

—Me cago en la virgen, Tambu, ahora ya estás haciendo el gilipollas.

Mamá hablaba fatal, pero a mí me encantaba. En los demás no, en ella sí. Y tenía razón en que yo estaba haciendo el gilipollas, lo que no sé es desde cuándo.

Pasé la mañana leyendo un poco de *Elvis Karlsson*, la parte en la que el abuelo escupe en el fregadero, y jugando solo a los clicks. Mamá no fue a trabajar y andaba de un lado a otro de la casa, haciendo y deshaciendo cosas. Limpió y aireó el salón, eso sí, porque aquello parecía el escenario de después de una guerra y olía muchísimo a tabaco, tanto que no se podía entrar. Mamá lo hizo para que antes de comer pudiese ver un poco la televisión, y me puse a ver la tele porque me pareció feo no hacerlo; nunca me gustó la televisión. Sólo quería que Elvis volviese del cole.

Estuve un rato delante de los dibujos animados y ella se sentó a mi lado a leer. Alguien me dijo una vez que cuando te haces mayor sólo recuerdas dos o tres conversaciones con tus padres, dos o tres ideas que nunca olvidas y que te mueres con ellas. Yo por ejemplo sé que nunca olvidaré que papá me dijo que lo mejor era ser del montón y que con diez años tenía poluciones nocturnas, y de mamá que era imposible tener poluciones nocturnas a los diez años, y que para mejorar en la vida no le podía desear el mal a nadie.

Esto último me lo dijo ese día porque yo le pregunté por qué no había ido al trabajo, y ella dijo que había llamado para decir que estaba enferma. En los trabajos de mamá se funcionaba igual que en el cole.

—Pero en realidad —dijo— , es porque estos días voy a cuidar un poco de papá.

—¿Te gusta tu trabajo?

—Me gusta mucho. Porque llevo mucho tiempo en él, Tambu, casi dos años, y eso nos da para vivir.

—¿Qué tengo que hacer yo para trabajar?

—Estudiar.

—Pero tú no estudiaste.

—No estudié mucho, que es otra cosa. Tendría que haber estudiado más. ¿Pero sabes qué hice para conseguir un trabajo tan bueno en una empresa tan importante? Dejar de desear que a los demás le fuera mal y desear que a mí me fuera bien. La gente pierde mucho el tiempo envidiando a los demás, y ese tiempo tú lo puedes gastar intentando que sean los demás los que te envidien a ti.

—¿Pili te envidia?

—No me lo dice, pero claro que me envidia. Yo trabajo en El Corte Inglés, ¿tú sabes lo importante que es El Corte Inglés y lo grande que es Vigo? Es una empresa que no va a cerrar nunca, no como los bares o las tiendas en las que trabaja Pili o trabajaba yo.

—¿La enfermedad de papá es una venita rota en la cabeza?

—Ésa es otra enfermedad, pero ésa no es grave. Tu padre casi nunca ha corrido, no iba a empezar ahora.

Ese día Rebe nos contó en la comida, a mamá y a mí, que iba a dejar el colegio. Los arranques de Rebe sólo eran superados por sus frenadas; por la tarde, cuando yo estaba jugando con Elvis, la oí decirle a mamá que, si no podía dejar el colegio, estudiaría Medicina. En cualquier caso, ella lo que quería era humillar a alguien de su clase, no entendí bien el nombre. A mí me había gustado mucho todo lo que me había contado de la enfermedad de papá, con unas palabras que me parecieron muy importantes, y en realidad mamá y yo sabíamos que si ahora quería estudiar Medicina era por haber visto tan malito a nuestro padre; si lo hubiese visto muy gordo, se haría nutricionista.

Elvis bajó a casa después de comer. Ni siquiera le dije que papá estaba por fin de vuelta; nos encerramos en nuestro cuarto, hicimos los deberes y después él dijo que podíamos jugar a las tinieblas. Había venido con su vaquerito, con su camiseta verde que parecía que se alargaba por dentro del cuerpo hasta aparecer de nuevo por el hueco de los ojos, y yo le dije que no.

—¿No te apetece?

—Pero es que sólo somos dos, ¿no es un poco raro?

—¿Quieres mejor que juguemos en mi casa?

Dije que sí con la cabeza.

—¡Entonces no es porque seamos dos! —dijo, tirándome un cojín.

Dije que no con la cabeza.

Nos fuimos a su casa y jugamos a las tinieblas. La habitación de Elvis se respetaba mucho más que la mía, donde entraban Rebe o mamá con cualquier tontería que tuviesen que decir en ese momento. En casa de Elvis, Armando estaba a sus cosas y Claudia a sus deberes, a sus libros y supongo que a su odio a Gálaxy.

Elvis tenía en la puerta lo que separaba el mundo de los niños del de los adultos: el pestillo. Ese día lo echó muy despacio, sin hacer ruido, porque su padre le prohibía cerrar así la puerta. Fue el primer día de muchos las siguientes semanas. A mí me encantaba porque significaba que podíamos ser libres, y de verdad que me daban ganas de hacer muchísimas locuras, como probar a fumar o por ejemplo quedarme mucho rato abrazado a Elvis fingiendo que nos estábamos peleando (había que fingirlo y creerlo, además, si no era imposible hacerlo), o quedarnos mirándonos como tontos cuando jugábamos al Hundir la Flota, y sentir que había algo prohibido en todo aquello pero que se nos escapaba, y, al escapársenos, éramos inocentes.

Esa tarde jugamos a las tinieblas, escondiéndonos y encontrándonos, casi hasta perder el sentido del tiempo. Cada vez que él daba conmigo o yo con él, en un cuarto en donde lo difícil era no chocar, nos agarrábamos y rodábamos por el suelo, entrelazando las piernas, saltando uno encima del otro. A oscuras fingimos un naufragio en el que Elvis era el bote salvavidas y yo el náufrago, así que se ponía boca abajo sobre la alfombra y yo me echaba encima de él; daba brazadas contra el suelo, y nos frotábamos todo el rato, empujándonos el uno contra el otro. Nos daba un placer que no podíamos explicar y que sentíamos que teníamos que disimular, y con la luz encendida nos hubiera dado una vergüenza que te mueres.

No volví a pensar en Dani Ojitos en todo el día y creo que no volví a pensar en Dani Ojitos nunca más, ni Elvis y yo volvimos a mencionarlo porque de repente, sin hablarlo, preferíamos jugar a las tinieblas los dos solos. Había mil juegos que podíamos hacer para tocarnos todo el rato. Eso que hacía con Elvis era diferente, un placer distinto y mucho mejor, y jamás se nos ocurriría darnos un beso; no había manera de besarnos fingiendo que estábamos haciendo otra cosa.

Se lo dije esa noche, cuando tuve que volver a casa.

—Me gustas mucho, Levis —le dije. También le llamaba Levis, o Elvisito. Ya nunca le llamaba Elvis, lo que significaba que en realidad me gustaba un montón.

—Tú también a mí, Míster Tamburino.

Papá no había salido a comer y tampoco a cenar. Esos días en que papá tuvo bigote me sentí más integrado en el mundo, aunque nadie pudiese vérselo. Me hubiera gustado que mis compañeros viniesen a casa, entrasen en su cuarto y lo viesen con su bigote de padre, mi padre bigotudo como los padres bigotudos de mis amigos, todos guardias civiles o empleados de banca.

Pasé el resto de la semana en casa, expulsado dos días del colegio por falta grave, y tuve que mirarle el bigote yo solo. Lo miré tanto que hubo un día en que el bigote murió, desapareció entre el resto del pelo de la cara y aquello lo bautizamos todos en casa como «barba». Era la primera barba de la historia de la familia, dijo papá, que llevaba un montón sin ver a sus padres ni a sus hermanos, y que a lo mejor tenían más barba que la suya. Ignorar las cosas era la forma que tenía papá de imponerse a ellas. Rebe se pasaba las horas frotándose la cara contra la barba, era como si se sintiese más hija de ella que de mi padre. Mamá le llamaba «mi comunista», que yo no sabía lo que quería decir, pero me sonaba a campo.

Papá estaba enfermo, de todos modos. No sé si se le rompieron más venas en la cabeza, pero más que la memoria de correr, como decía Rebe, parecía haber perdido la memoria de vivir. Entendí por qué no me habían dejado subir después del primer día al hospital, y por qué Armando nos había acogido tan bien y con tanto cuidado; el gilipollas nos había tratado ya como a huérfanos. Entendí lo raro que había estado el primer día y sobre todo la primera noche, queriendo hablarme de algo tan increíble como el amor. Cuando uno es niño se entera de todo mientras no se va enterando de nada.

Papá había adelgazado y se le veía mucho más la nariz. Mi padre tenía una nariz muy divertida que acababa en una gran bola como la de los payasos, pero curiosamente le quedaba bien; mi padre era guapo, pero sólo si lo veías al primer impacto. Todas las partes de la cara por separado eran como horrendas, pero en eso sólo me fijaba yo porque lo quería mucho y me fijaba. Querer a la gente es mirarla mucho hasta no saber si es guapa o fea, y que no te importe lo más mínimo.

V

El castigo que me había puesto mamá fue no pisar la calle, algo que tampoco me importaba mucho porque Elvis vino por la tarde a casa y me contó lo que había pasado en el colegio. Me dijo por ejemplo que después de mi pelea con Bomba, Bomba apareció en clase con una venda tan grande en la cabeza que parecía tonto, pero en cuanto se enteró de que yo no iba a aparecer lo que hizo fue quitársela. Eso me hizo pensar que Bomba era un capullo.

—En el recreo se puso a jugar a polis y cacos, corría como un campeón —me dijo Elvis cuando me vio mosqueado con eso de la venda. Me pareció un poco chivato, además de que no tenía sentido lo que decía, porque un golpe en la cabeza, si no te deja en silla de ruedas, no te impide correr. A cualquiera menos a mi padre, me refiero, pero mi padre siempre estuvo medio loco.

Elvis vino con un Bollycao para mí, pero mi madre se lo sacó porque le empezaba a obsesionar que me pusiese más gordo. Porque resulta que estaba gordo, o eso le oí decirle a su amiga Pili en la cocina, fumando las dos como chimeneas. Yo me enteraba más o menos de mi vida pegándome a la pared del pasillo para escuchar a mi madre en la cocina. Era como si el telediario hablase de mí. Mis padres nunca hablaron claro conmigo; bueno, mi padre sí, pero tan claro que yo no entendía nada. La conversación que tuvo mamá con Pili en la cocina fue que yo comía mucho entre horas, no hacía ejercicio, me estaba aplicando más en los deberes y eso ella decía que era culpa de Elvis, porque es verdad que Elvis sí hacía todos los deberes, como los niños a los que les costaba, y yo entonces me ponía a hacer los míos para no aburrirme, y eso que me costaba el doble.

—Es porque es disperso, es disperso —decía de mí el abuelo Matías antes de que papá lo mandase a paseo un día y yo no volviese a saber nada de él. A mí el abuelo Matías me caía muy bien y me había cuidado mucho siempre, pero yo creo que si mi padre se enfadase con Dios no tendría ninguna duda de que me iría con mi padre.

Mamá se puso a contarle a Pili mi historia en la playa nudista, que era una historia viejísima. Resulta que la tía Concha y el tío José Manuel nos llevaron a Rebe y a mí a una playa nudista; yo no me acuerdo porque fue un verano en el que nos fuimos a vivir con ellos al pueblo y debía de tener seis años y Rebe nueve. Tía Concha y tío José Manuel eran muy modernos, eso decía mamá. Y el caso es que bajé las escaleras de la playa, que era Bascuas, y vi a un señor mayor desnudo y ya me empezó a dar bastante asco, pero cuando llegué a la arena y los vi a todos, viejos y niños, con el pito y el culo al aire, y las tetas, miré alrededor y grité: «¡Pero qué hacen todos sin ropa!». La tía Concha se moría de risa contándoselo a mi madre. Pero también tenía para Rebe. Al parecer, nos cruzamos con una señora con unas tetas gigantes y Rebe oyó a unos chicos decir: «Menudas domingas», así que Rebe le preguntó a la tía qué significaba «domingas», la tía le dijo que eran tetas muy grandes, y Rebe le contestó: «Pues tú tienes miércoles».

Yo acabé cansado de esas historias porque se repetían en cada comida o cena que hacía la familia, y aún pienso a veces que nos dejamos de juntar y de hablar con ellos porque papá acabó cansado de oírlas. No eran historias para tanto, pero supongo que todas las familias necesitan cuatro o cinco cosas que contar mientras beben para no acabar matándose entre todos.

Papá por fin conoció a Elvis, eso fue importante. Pero no a Armando, y eso también fue importante, porque no sabía si me gustaría verlos juntos. En realidad, papá nunca se llevó bien con la gente que nos tenía que cuidar. Acabó enfadándose con el abuelo, pero también con los padres de Ricardito Fósforo, que nos llevaban a Rebe y a mí al cole cuando yo estaba en primero de EGB y algunas semanas nos quedábamos a vivir en su casa. La madre de Fósforo era un amor, pero yo diría que a su padre, que fue amigo de papá, le sobrábamos un poco; en cuanto a Ricardito, era un gafas que siempre estaba a vueltas con el Partido Socialista Obrero Español, colocaba pegatinas del partido en los libros de los demás y un día, yo creo que loco, dijo que se llamaba «Perrito» y anduvo a cuatro patas por la clase hasta morderle los tobillos a la profesora Socorro.

¿Cómo hubieran encajado Armando y papá? Se parecían en trabajar en casa, desde luego, y también en eso de andar por ahí, hubiese invitados o no, en calzoncillos o pantalones de pijama. Al principio pensaba que eso era lo normal, hasta que empecé a ir a fiestas de cumpleaños a casas de mis compañeros.

Fui al cumpleaños de Mariña Martínez Agujas, por ejemplo. No recuerdo si fue en segundo o tercero de EGB. Yo tenía muchísima curiosidad por conocer a su padre, que tenía cáncer. No sabía lo que eran el cáncer ni el sida, aunque todo el mundo hablase de eso y en clase también hablábamos de eso: eran como las dos plagas de las que todo el mundo hablaba, y si alguno conocía a uno de esos enfermos era tanto como conocer a un famoso. Así que fui al cumpleaños súper contento porque por fin iba a conocer a alguien con cáncer, y me sonaba a que sería algo así como un zombi que fuese perdiendo la carne por el pasillo. Pero no tenía miedo porque estaba avisado y porque era el padre de una compañera, una compañera que además estaba de cumpleaños. Si lo sacaban de la jaula, con lo único que había que tener cuidado era con soplar las velas para no desintegrarlo.

Yo a Mariña le llevé un libro de *Las mellizas en Santa Clara,* un libro del año de la pera que encontré por casa y envolví yo solo porque mamá entonces no estaba bien y papá estaba de viaje, o eso decía. Me llevaron los padres de Pablo Pijamas; lo llamábamos así porque todo el mundo contaba que una vez se había despertado tan tarde que había llegado corriendo al cole en pijama. Yo creo que era mentira, pero me divertía muchísimo que le llamasen así, aunque a la cara todos le decíamos Pablo. Era alto y fuerte, parecía casi como de dos cursos por encima del nuestro. Sus padres vivían enfrente de los míos, y en aquella época nos ayudaban mucho porque ya digo que mis padres no estaban; al piso de Pontevedra se habían venido a vivir los abuelos Matías y Esperanza, que Rebe no aguantaba y a mí me daba igual: la abuela siempre estuvo un poco tarada, pero me parece a mí que el abuelo estaba más contento en la ciudad que en el pueblo. Igual no fue el curso anterior sino dos, no lo sé. El caso es que yo estaba más emocionado por conocer a un hombre con cáncer que a Papá Noel.

La casa de Mariña era increíble, un piso en el que había por lo menos cinco cuartos y un salón enorme. Un salón en el que si yo me tirase a jugar con los clicks con Elvis no acabaríamos mañana. De haber jugado allí a las tinieblas podríamos habernos escondido Dani Ojitos y yo en dos lugares diferentes, por ejemplo, y Elvis hubiera tardado una hora en encontrarnos. Las alfombras se hundían si las pisabas y había lámparas y cuadros por todas partes. Yo me descalcé porque me daba muchísima vergüenza pisar unas alfombras así con los tenis puestos, y eso que eran unos Mistral.

Mariña, que era una niña blanquísima, rubia y de ojos claros, con la piel como si le hubiesen sacado la sangre y los ojos saltones y feos, me quiso saludar tratando de darme dos besos, pero me aparté a tiempo; se creía una mayor ya. Todos me rieron la gracia, aunque yo no se la encontré por ningún lado. Un beso entonces era un asco, una agresión y una vergüenza, y Mariña había cumplido nueve años, no era precisamente la farmacéutica del pueblo.

—¿No está tu papá? —pregunté mirando para todas partes.

—Claro, pero está descansando. Tiene cáncer —dijo con un puntito de ilusión, como si fuese la primera vez que lo decía. Todo el colegio sabía que tenía cáncer, toda la ciudad lo sabía. Era el cáncer más famoso de la historia.

—Tiene cáncer, es verdad —dije.

—No pasa nada, gracias por venir. Me dijo mi mamá que la tuya estaba un poco mala.

—Sí, pero no tiene cáncer, no saben lo que tiene.

—Pues a lo mejor aún puede ser cáncer.

—Puede ser, sí, quizá —no sabía si eso me tenía que alegrar especialmente; Mariña me lo presentaba como una oportunidad, era difícil no pensar que el cáncer nos cambiaría la vida para bien a todos.

—¿Va a venir tu papá?

—Claro, va a venir después.

Se acercó la madre de Mariña, que hasta donde yo sabía era la presidenta de una asociación muy importante de poesía de Pontevedra, y me presentó a otro niño para llevarse a Mariña; era una señora muy educada. Los dos nos quedamos mirándonos y nos separamos al instante; yo me fui a la mesa de las golosinas a comer corazones de melocotón, dedos, tiburones y aros de fresa, me puse perdido.

En mitad de la fiesta apareció el papá de Mariña. Fue una enorme decepción. Era un hombre alto y fuerte, casi tan alto y fuerte como el Bombillo, el pobre que iba en chándal y daba el palo en la calle de la Amargura. Iba muy elegante (el padre de Mariña, no el pobre), con pantalones Dockers, camisa por dentro, barba fina y negra y unas gafas que me parecieron muy bonitas no recuerdo por qué. Se llamaba Jesús y era profesor de la universidad, aunque ahora estaba de baja para dedicarse al cáncer a tiempo completo.

¿Pero cuál era el cáncer de ese hombre? Parecía a punto de presentarse a unas elecciones. Nos saludó a todos, sin saludar a nadie en especial, y le dio dos besos a Mariña y le dijo que pidiese un deseo antes de soplar las velas.

—Que te cures del cáncer, papá —dijo. No se lo creía ni ella.

—Sin decirlo, nena; si no, no se cumple —respondió su padre.

Qué lista era. Pensó entonces su deseo de verdad, seguro que una bicicleta, y sopló las velas, le cantamos cumpleaños feliz y yo dije que me quería ir, aunque no se lo dije a nadie en concreto, así que me fui. Abrí la puerta yo solo, y alguien me vio y dijo que me estaba marchando, y me volvieron a meter para dentro.

Al menos, al ver al padre de Mariña me había quedado claro que mamá no tenía cáncer, porque mamá en aquella época estaba en los huesos, como si tuviese la tenia. Creo que la tenia fue la obsesión más importante de mis años de niño. Porque la tenía Ladillas, o eso se dijo siempre de él. Me impresionaba que Ladillas pudiese comer lo que quisiera y no le pudieran decir que no, y que un bicho se lo comiese a su vez dentro de él. Era como contratar a alguien que engordase por ti.

Ladillas, por cierto, era uno de los del Álamos, un bar de malos al que iban los niños que estaban como en pruebas para ser malos o algo así. Allí después del cole iban Ladillas, Jairo Barbeito y Raimundo Pequeño Mundo o Pequeño Mundarri además de la Pasa, una niña pelirroja, también de nuestra clase. De esos dos, de Pequeño Mundo y la Pasa, se decía que habían follado y que fumaban porros, como Gálaxy. Yo no tenía ni idea de qué era follar ni qué eran los porros, pero todo me sonaba a que la policía pudiese detenerte y, la verdad, no me apetecía nada.

El padre de Mariña iba de punta en blanco hasta en su propia casa, y yo pensaba que lo hacía por estar presentable si se moría en cualquier momento. A mi padre, si lo fuese a buscar la muerte, lo dejaría estar por asco a cogerlo. Aquellos días más. Entre mamá y Pili lo ayudaban con las curas, le pinchaban para que no tuviese dolores, y la casa en general era un espectáculo de vendas con sangre y jeringuillas. Mamá no paraba de decir que había que cuidar de papá y que teníamos que aliviarle el dolor. A mí verlo así me daba mucha pena, pero casi me daba más pena por Rebe; pasaba los días llorando, se tumbaba en la alfombra verde que estaba al lado de la cama a gimotear mientras papá dormía, como un perrito. La casa empezaba a oler mal en algunas zonas, y eso a mí sí que me espantaba de verdad y me preocupaba, porque odio los malos olores.

—Papá, éste es Elvis. Mi mejor amigo —dije. Era la primera vez que lo decía en alto y me puse nervioso. Elvis me miró y me pasó el brazo por los hombros y yo también se lo pasé. Parecíamos dos futbolistas.

Papá estaba en la cama, a media luz, y se inclinó un poco levantando la mano. «Nos ha saludado», le dije a Elvis. Los dos nos quedamos un rato más de pie en la puerta del cuarto y luego salimos. Entonces Elvis dijo algo que no olvidaré en mi vida: «Parece simpático».

Ése era mi espadachín. Quería decir algo que me sentase bien, quería ser agradable y quería que los dos nos olvidásemos muy rápido de la escena que acabábamos de ver. Y dijo que aquella sombra que parecía estar muriéndose, aquel bulto que levantó un poco la mano, le había parecido simpático.

En mi casa Elvis y yo hicimos los deberes juntos, y nos tomamos las lecciones de Sociales, y nos ayudamos con los ejercicios. Los dos tumbados uno frente a otro en la alfombra de mi cuarto, con todos mis clicks apartados y, en lugar de las pantallas de Hundir la Flota, los libros. Si había cuadros de diálogo, nos pedíamos un personaje cada uno y hacíamos teatro. Por ejemplo, cuando estudiamos los medios de transporte había este diálogo que a Elvis y a mí nos divertía muchísimo, no tengo ya ni idea de por qué, y que luego nos pasaríamos esas semanas recitando porque al final yo me inventaba la respuesta.

Elvis hacía de niño, yo de taxista. Elvis era más pequeño que yo, un año más pequeño, y supongo que le gustaba sentirse protegido por mí, aunque yo no era capaz de protegerme ni a mí mismo, y le gustaba subirse a un coche conducido por mí.

NIÑO: El taxi es el medio de transporte público más caro, ¿verdad?

TAXISTA: Sí, es cierto. Pero debes tener en cuenta que ordinariamente es más cómodo y más rápido.

NIÑO: ¿Funciona con gasolina súper o normal?

TAXISTA: No, pues entonces sería carísimo. Utilizamos gasoil o butano.

NIÑO: ¿Qué ha tenido que estudiar para ser taxista?

Y yo ahí me salía del guion y decía, por ejemplo: «¡Desde luego no estas mierdas!» o «Hay que estudiar para ser astronauta», o cualquier cosa que a Elvis le hiciera morirse de risa. Tenía unos hoyuelos simpatiquísimos, y los ojos se le achicaban tanto que parecía un chino. Yo a veces, por mi parte, le llamaba «chino». A cualquiera no le hubiera parecido original, ni siquiera a mí, pero a Elvis le encantaba. Tampoco creo que supiese lo que era China, ni yo tampoco.

El viernes, en mi segundo día de castigo, fuimos todos a cenar pizza al piso de Elvis: Armando, Claudia, Rebe y yo. Antes Elvis y yo nos fuimos a su cuarto a jugar al ordenador. Se nos estropeó el segundo joystick, un joystick viejo y grande que ya no valía para nada, así que nos repartimos las partidas. Pero era un aburrimiento porque el juego que habíamos cargado era Double Dragon II, uno en el que dos luchadores van pasando pantallas pegando palizas a sus enemigos, así que le dije a Elvis que mejor se sentase sobre mí, y los dos manejaríamos el único joystick.

Yo siempre me pedía a Billy Lee, el musculoso moreno, y Elvis se pedía a Jimmy, su hermano más rubio. En la vida real yo tenía el pelo más claro que Elvis, que era prácticamente pelirrojo, si se puede ser pelirrojo «prácticamente», pero a Elvis le gustaba

106

que las cosas fueran así. Nos sabíamos de memoria el texto que traía el casete del juego. Habían matado a la novia de Billy Lee, Marian (Marian también era una niña de la clase de Rebe, una niña que no me caía muy bien y que además estaba en el corro que me despertó en sus baños, así que de repente no tenía ningunas ganas de vengarla). Pero como la habían matado, Elvis y yo salíamos a por los Black Warriors, que eran los malos.

La verdad es que yo creo que nuestra misión nos daba igual. Nos divertía ser otros en la pantalla, poder caminar a la izquierda o a la derecha según lo que ordenásemos con el joystick, y algunas veces jugábamos a intentar pelear entre nosotros, pero el juego no nos dejaba.

En una de las pantallas tuvimos que subir unas escaleras para llegar a un piso superior donde esperaban más enemigos. Yo me puse a subirlas primero, pero Elvis me dijo que me parase en mitad de ellas. No sé si me lo dijo o se dio la vuelta y me agarró el joystick, el caso es que paré y él empezó a subirlas con su luchador. Como los dos protagonistas se traspasaban, supongo que para que no nos pudiésemos pelear entre nosotros, Elvis subió y bajó a su Jimmy por encima de mi Billy Lee, y decía riéndose, como con gusto: «Ah, ah, ah». Entonces se puso a frotarse contra mí, que estaba debajo de él; yo me quedé callado con muchísimo sofoco en el pecho, una respiración entrecortada, y sentí que se me ponía todo duro dentro del pantalón del chándal.

Paró pronto, por lo menos a mí me pareció que paró muy pronto. Y se giró y dijo:

—¿Te gusta? Lo vi en una película. Eso es follar —o algo así dijo. Elvis veía muchas películas porque su padre tenía vídeo.

—Hazlo otra vez, a ver —le pedí. No podía parar de mirar a la puerta, que estaba cerrada con llave. Podía tirarla cualquiera con un mazo de acero.

Elvis volvió a moverse. Presionó con su cuerpo y con su culo encima de mí, encajándose muy bien, y se frotó de nuevo haciéndolo al mismo tiempo que los luchadores del videojuego. Yo estaba tan caliente que parecía que tenía fiebre; no sabía qué era lo que estaba aguantando, pero no aguanté más, y sentí como si se hubiese desprendido un peso dentro del cuerpo hasta el final de la barriga, justo encima de eso. De todas las cosas nuevas, fue la más nueva de todas. Era placer, pero también me dolía abajo, al principio de los huevos. Después de unos segundos en los que no pude ni hablar, aparté a Elvis, muerto de vergüenza, y me quedé yo solo jugando mientras él me dio la espalda y se puso a jugar con unos clicks.

Cuando pasaron unos minutos me apetecía volver a hacerlo, pero también me apetecía pegarle.

La masa de la pizza la hicieron Rebe y Claudia, y Elvis y yo cortamos el jamón york y el queso, echamos aceitunas, atún, orégano y anchoa. Fueron dos pizzas fantásticas, pero a Armando, que ese día estaba particularmente de buen humor, se le saltó un diente porque Elvis se equivocó al elegir aceitunas con hueso, no sin hueso. Salté rápido y dije que había sido yo, porque por algún motivo Armando era más cariñoso conmigo que con Elvis, al que trataba como a un mal hijo cuando en realidad mi amigo era un amor. Torpe y flaquito, poca cosa, pero buen niño.

Era un diente entero; yo nunca había visto el diente suelto de un mayor. Armando había bebido mucho y le hizo gracia perder el diente, sólo se le notaba si reía porque era uno de los dientes laterales, imagino que una muela; Claudia sentía una vergüenza tremenda con su padre, yo creo que hasta lo odiaba. Nos pasamos el diente, que tenía restos de atún, y cuando llegó el turno de Claudia lo tiró al fregadero. Lo hizo de pie, saliendo de la cocina porque aquello le daba «asco», y yo grité «canasta» y nos reímos todos muchísimo, todos menos Claudia.

Creo que ahí me hice un poco mayor. Me di cuenta de golpe de aquel extraño ambiente festivo. Era ya imposible que el mundo de los niños no acabase fusionándose con el de los mayores. Estábamos todos locos, o parecía la casa de unos locos, pero era normal. Todo empezó a ser normal sin que pudiese haber vuelta atrás. Así que sonó el teléfono del piso, y fue a cogerlo Rebe. También era normal que lo cogiese ella, aunque no fuese nuestra casa, y también me pareció normal que lo hiciese porque se acordó de que la primera muerte de papá ocurrió después de que yo tirase algo al fregadero, como Magic Johnson.

Así que me levanté detrás de ella, porque lo había entendido todo y hace falta ser un niño para entenderlo todo así de bien, y Rebe se quedó con el teléfono en la mano, congelada, sin las medias y con la misma ropa, la falda roja que parecía una luz cuando corría, y se giró y me dijo:

—Es mamá, que no bajemos a las once, que nos deja más tiempo.

VI

Fueron tres meses, hasta que se empezaron a montar en las calles las luces de Navidad. Lo que mamá nos había dicho era que no bajásemos a las once, que lo hiciésemos a finales de diciembre.

Armando fue al día siguiente a por nuestra ropa, nuestros libros y algunos juguetes. También subió mamá un momento para decirnos que todo iba a ir bien, que papá había tenido una recaída pero no estaba en el hospital, «ni mucho menos», y que había que cuidarlo entre todos.

—¿Cómo? —preguntó Rebe, llorando—. ¿Cómo lo vamos a cuidar entre todos si no podemos verlo?

—Eso —dije. Mamá parecía que quería que viésemos a papá como a Dios, al que hay que rezar y pedirle cosas aunque no esté, pero con papá al revés: rezar para cuidarlo. Como si nos tuviésemos que hacer cargo de Dios, vaya. Un Dios que hubiese que cuidar entre todos porque tenemos fe en él. ¿De qué sirve tener fe en un paciente? ¿No sería más lógico tener fe en un doctor?

—¡Eso! —volví a gritar. Y no sé lo que pasó, pero me pasó y es suficiente. Me tiré encima de ella y le empecé a pegar en la cara y le agarré del pelo porque se lo quería arrancar, quería arrancarle el pelo y dejarla calva a ver si quedándose calva me podía explicar cómo íbamos a cuidar de papá sin papá, y porque nos volvían a dejar solos otra vez.

Mamá intentó defenderse sin muchas ganas. Rebe y Armando, que entró corriendo al cuarto, me separaron de ella, pero aún tuve tiempo de darle bien fuerte en la cara y de morderle en los brazos, que se los dejé hechos un asco, aún más, mientras me retiraban. Ni lloró, ella. Tampoco yo. Era como si ya no pudiese llorar nadie.

Volví a sentarme con Rebe en el suelo mientras mamá, que olía a todos esos perfumes de El Corte Inglés de Vigo, nos dijo que teníamos que ser «independientes», estudiar mucho y hacer todos los deberes porque yo, sobre todo yo, tenía que pasar de curso sí o sí. Tenía la cara encarnada, pero podía parecer que era por el frío y no por los golpes. Armando le trajo un café, que ella bebió a sorbitos largos, que no sé cómo es eso pero mamá siempre lo hace: es como un oso hormiguero, apoya la boca un poco y aspira muchísimo. Espero que no se enfade cuando lo lea.

Los primeros días que estuvimos en casa de Armando bajábamos directos del segundo al portal sin pasar por el primero, que era nuestra casa. Salíamos del ascensor llorando Rebe y yo, porque allí arriba, subiendo las escaleras, estaban las dos personas que más queríamos en el mundo, pero no sabíamos qué pasaba con ellas. Armando se esforzó muchísimo esas semanas en querernos y cuidarnos, y a mí me hacía una gracia tremenda porque no había nacido para eso ni mucho menos.

—Ahora voy a ser como vuestro padre unos días —dijo el primer fin de semana. Estábamos comiendo fanecas en la cocina. Yo odiaba comer pescado porque tenía que quitarle las espinas, y aunque en casa las quitaba mamá, por Armando como si nos las clavábamos en los ojos. Tenía un punto zumbado que a Claudia le desesperaba.

—Tampoco es que vayas a ser el segundo o tercer padre, hemos tenido muchos —contestó Rebe.

—No, sólo tenéis un padre, que os quiere mucho y os va a ver muy pronto, cuando esté un poco mejor. Pero estos días yo haré como si fuera él —Armando hablaba y se le veía en un lateral el enorme hueco del diente, que por otro lado siguió en el fregadero durante varios días.

Yo pregunté si podríamos seguir yendo a catequesis. Mamá me llevaba todos los domingos que podía, y a mí me encantaba porque ese curso haría por fin la primera comunión.

—¿Pero tú crees en Dios?

—Claro. ¿Por qué? ¿No existe?

—Dios es una mierda —dijo Rebe. Rebe odiaba a Dios. Imagino que le haría algo en privado, como a mí el profesor de Gimnasia. De repente me reí imaginando a Dios sin un ojo. Un Dios tuerto que sólo pudiese mirar a la mitad del mundo. Vamos, como ahora.

—No, no es una mierda. Sólo que no existe —dijo Claudia.

—¿Como los Reyes Magos? —pregunté.

—En todo caso mamá, papá no compró un regalo en su vida.

—¿Qué pasa con los Reyes Magos? —dijo Elvis. Lo miré de reojo: seguía creyendo en ellos. Había visto en la televisión una película de dos mayores follando, pero aún creía en los Reyes Magos.

113

Yo no creía en los Reyes Magos, pero aún no tenía claro qué era follar. O a lo mejor es que los que follaban eran los Reyes Magos, por eso creía en ellos.

—No pasa nada —dijo Armando—. Pero aún falta para que lleguen.

—Yo quiero ir a catequesis —insistí.

—Exactamente, ¿por qué? —preguntó Rebe.

—Porque voy los domingos, por eso. ¿Qué hago entonces los domingos, miro para ti?

—¿Alguna vez hizo algo Dios por ti, Tambu?

—Muchísimas cosas, te dirá —contestó Rebe.

—Pues sí, muchísimas cosas. Cuando quiero algo o estoy preocupado, le rezo. Rezo padrenuestros y avemarías —dije—. Gracias a Dios aprobé el examen de Matemáticas en el segundo trimestre del primer curso, no me expulsaron del cole cuando le dejé sano el otro ojo al profe de Gimnasia y papá no se murió. ¿Sabes por qué no se murió papá? Porque recé muchísimo en la habitación de Elvis cuando no os conocía a ninguno. Recé hasta quedarme dormido, y primero conocí a Elvis y después resucitó papá. Por eso yo pienso que tú eres mi ángel de la guarda —le dije, apuntándolo con el dedo—. Ni te maté a ti jugando a los mosqueteros ni lo maté a él tapándole la nariz.

—Bueno, a papá de milagro.

Todos se rieron y también yo, lo que no quiere decir que no lo pensase.

—Eso es lo que hay que hacer a partir de ahora —dijo Armando—. Reírse de cualquier estupidez.

Lo dijo con tanta naturalidad que yo pensé por qué no nos habíamos reído mucho más antes.

—¿Reírnos de qué? —a Claudia parecía que le iba a dar un infarto.

—De todo. Tú serás Míster Tamburino Santa González de la Risa, por ejemplo —nos echamos todos a reír.

—¿Papá? —Claudia levantó mucho las cejas. Pensé al momento que podría pintarse una cara entre sus cejas y sus ojos.

—Sí, vamos a ir a misa. Allí nos podremos reír como nunca.

Y fuimos a misa, vaya si fuimos. Ese domingo fuimos todos, y los siguientes me dejaban a mí en la catequesis y se iban por ahí a comer helado.

En la catequesis mandaban Martiño Iglesias Pernas y Jairo Barbeito, que eran dos animales cuya presencia en la iglesia hacía insignificante a Dios. Martiño era el fuerte de los niños que aún no estábamos perdidos. Entre nosotros Martiño era el jefe, como un policía: sólo nos pegaba a nosotros, pero lo hacía por nuestro bien, porque alguno había escupido a otro, alguien había hecho trampas a las canicas o cosas así. Jairo, que era como tres bolas de billar puestas una encima de la otra, era malo con ganas, y siempre estaba haciéndoles la pelota a los de séptimo y octavo que estaban en el Álamos fumando y follando, o eso decían ellos; yo tampoco podía entender cómo era eso de follar en un bar. De Jairo se decían muchísimas cosas que no se sabía si eran verdad, supongo que las contaba él mismo para hacerse el interesante; de Martiño, sin embargo, se sabía todo, entre otras cosas porque era hijo de un médico y esa gente no tenía muchas cosas que esconder, si bien el padre de Martiño me hablaba como un imbécil.

115

Ocupábamos dos bancos de la iglesia, haciendo corro, y el catequista, un verdadero gilipollas, nos tomaba la lección de preguntas y respuestas del catecismo para niños. No sólo teníamos que decir las mayores tonterías del mundo: nos obligaban a memorizarlas. Pero me gustaba estar allí. Me había acostumbrado el abuelo Matías en la iglesia de Sanxenxo. Mi abuelo me llevaba a misa y don Paco, el sacerdote, hablaba de paz y de reconciliación, de amor por «el prójimo» (siempre pensé que «el prójimo» era algo que sólo se decía en misa, luego pude confirmar que era así), de la necesidad de «tender puentes» entre los vecinos (estábamos enfrentados por el alcantarillado) y de un mundo «entregado a la fe» en el que «no tuviese lugar» la violencia. Yo estaba a favor de todo eso. Creo que era el único niño que escuchaba al cura e intentaba entenderlo. A mí que la gente me hablase siempre me hizo sentirme muy importante, así que lo mínimo era escuchar. Además, don Paco cuando hablaba no me quitaba el ojo de encima, así que yo movía muy serio la cabecita para que viese que estaba atendiéndole.

En Sanxenxo me sentaba en el primer banco de la iglesia mirando la estatua de san Ginés, el patrón de mi pueblo; un hombre representado con un cuchillo atravesándole el cuello. Las iglesias siempre tienen estas rarezas. Te dicen unas cosas y te enseñan otras. La de Campolongo era más tranquila.

Un día, el catequista me preguntó en un aparte cuál creía yo que era la idea del infierno. Estaba muy serio y yo por tanto le respondí aún más serio:

—Que Martiño Iglesias Pernas me tenga manía.

Eso era lo que pensaba, y así lo dije. A catequesis también iba Dani Ojitos, del que volví a ser amigo pero siempre a una distancia en la que su lengua no pudiese alcanzarme. Yo era como un insecto y Ojitos un sapo. Un sapo guapísimo, también hay que decirlo. Un sapito con cara de príncipe, como si la transformación se hubiera quedado a medias.

Un día le quisieron pegar a la vez Martiño y Jairo Barbeito, que ya hay que ser Ojitos. Todo empezó porque Martiño preguntó la razón de que a Jesús no le hubiesen puesto un clavo también en el pito. Lo mejor es que el catequista no le entendió y Martiño tuvo que repetirlo, pero ya a su manera.

—¿Por qué Jesús no tiene un clavo en la polla?

No sólo eso, sino que Martiño, que era listísimo, lo explicó y tenía razón. Había cuatro clavos: dos en las manos y dos en los pies. ¿Por qué no en el pito, que al estar en el centro conectaría con los cuatro puntos? Mientras hablaba no parábamos de mirar a Jesús, allí encima del sagrario, concretamente a la zona en la que debería tener la pirola.

—A lo mejor lo tiene, pero está tapado por la sábana y tú no lo puedes ver —dijo Ojitos, que abría la boca poco, pero cada vez que lo hacía la liaba.

—¿Y tú sí? A ver si lo que te pasa es que eres un capullo. O que te gusta imaginar las pollas —respondió Martiño.

—Voy a expulsaros a los dos.

Entonces Ojitos enrojeció un poco, porque le aterrorizaba la autoridad. Y se sacó de la manga la segunda obra de arte de la mañana.

—¿A mí por qué? —dijo—. Si Jairo lleva todo el rato pellizcando a Carolina y tirándole del pelo, y a él no le dices nada.

Jairo se echó a reír, que es lo peor que puede hacer alguien que te va a romper la cara. Se echó a reír y movió la cabeza, como diciéndole «sigue, sigue», pero Ojitos había pasado del rojo al blanco, y lo mejor de todo es que no paraba de mirarme a mí y de tratar de dirigirme la palabra, como metiéndome en algo que a mí ni me iba ni me venía.

—Dios debe de tener la polla enorme, haría falta una estaca —soltó Jairo Barbeito—. Y a ti al salir te voy a meter tres hostias —remató apuntando a Ojitos.

El catequista no hizo ni el gesto. Jairo era un proyecto de criminal. Que estuviese allí era todo un acontecimiento. No lo pude ver, pero su imagen meses después, vestido de marinero con el rosario enredado entre las manos, sosteniendo una pequeña biblia, el pelo lleno de grasa y la cara repleta de arañazos, hubiera sido una de las cosas que no olvidaría nunca en mi vida.

Ese día la alianza entre Jairo y Martiño para pegarle a Ojitos no prosperó porque a Martiño le estaban esperando ya sus padres fuera de la iglesia, que de hecho yo saludé al doctor con muchísima educación y él hizo lo mismo levantando la barbilla con sonrisa de retrasado. Lo lógico esos domingos era que los padres llegasen más tarde y así a nosotros nos daba tiempo a jugar al fútbol en el parque, aunque yo odiaba el fútbol y me ponían siempre de portero; por supuesto me apartaba cuando disparaban. A Jairo sí le dio tiempo a darle una pequeña paliza a Ojitos, pero debió de impresionarle tanto como a mí lo guapo que era Dani Ojitos, porque no le tocó la cara: fueron dos golpes secos en la cabeza, que hicieron que Ojitos se cayese hacia delante como un fardo, y luego le dio cuatro patadas. Estábamos allí mirando varios, y cuando terminó de pegarle recogimos nuestros jerseys y nuestros abrigos y nos fuimos (yo hice que me iba, pero volví a por Ojitos, que estaba llorando sentado en el suelo).

Entonces volvimos a entrar en la iglesia, porque Ojitos no quería que nadie viese que estaba llorando, y allí lo dejé en un banco mientras me iba a hablar con Martiño y Fósforo. Resulta que los padres de Martiño habían ido tan pronto porque querían hablar con el cura, y Fósforo estaba allí porque siempre se confesaba, y eso que no podía al no haber hecho la comunión. Se aprovechaba de que era alto y de que tenía una cara de pecador que no sé ni cómo lo dejaban entrar en la iglesia.

La iglesia impresionaba un montón. Yo creo que por la obligación de hablar bajito. Cuando se habla tan bajito la arquitectura es otra cosa. Allí estaban los viejos de siempre, los mismos viejos de treinta años atrás, y el olor seguía siendo el mismo, a incienso y a cerrado, que supongo que era el olor a sudor de aquel hombre que tenían allí colgado como en una carnicería.

Pues bien, cuando Fósforo salió del confesionario —pecaba sobre el pecado, era algo tremendo— nos dijo a Martiño y a mí que le había contado al cura que se hacía pajas.

—Pajas —dije yo.

119

—Sí, pajas —respondió, e hizo un gesto con la mano agitándola de arriba abajo— . El cura flipó, ¿sabes?

Yo había oído hablar alguna vez de las pajas, no voy a mentir. Sabía que era algo por definición malo y bueno, como casi todo. Se decía siempre en tono de cachondeo, como «vete a hacerte una paja» o algo así. «A cascarla», se decía y supongo que se seguirá diciendo. Yo pensaba que para hacerse una paja había que bajarse la pielecilla del pito porque allí había dos agujeros: uno por el que sale el pis, y otro por el que había que meterse una pajita. Cómo podía ser eso algo bueno no lo sabía, pero era seguro porque a quién se le ocurre semejante idea y que la idea circule por todo el colegio.

Martiño dijo entonces que él también se hacía pajas. Martiño era fuerte y podía meterse por el agujero del pito un palo, si quisiera. Pero mi pito era pequeñísimo y arrugado, una cosa muy esmirriada por la que podría caber, como mucho, un alfiler. Y vaya.

—Pero la pajita, ¿cómo es? —les pregunté, deseando que hubiese diferencia entre paja y pajita. Generalmente tenía miedo de preguntar cosas, y siempre que no sabía algo se lo preguntaba a papá, pero tenía que empezar a vivir sin él, o por lo menos acostumbrarme a que no estuviera siempre, y hacerme una paja era lo primero que tenía que hacer.

Cuchicheábamos los tres en un rincón del templo, muy cerca del confesionario. Fósforo entonces pidió que nos moviésemos un poco, y nos fuimos metiendo detrás de una especie de pequeño muro interior de piedra que llevaba a la entrada del sagrario.

—A ver, ¿tú qué quieres saber?

—Las pajas, qué son.

—Este tío está de coña —Martiño me miró como a un marciano. Lo miré un segundo de reojo: se había quedado sin pegarle a Ojitos y nunca se iba para casa con las hostias dentro.

—Cuando dormíamos juntos, ¿tú no me oías en la cama de al lado? ¿Qué pensabas que estaba haciendo? —preguntó Fósforo.

Intenté hacer memoria. Los días en la casa de Fósforo no eran algo que me gustase recordar porque el padre de Fósforo nos tenía manía a Rebe y a mí, y que pasase de mí me daba igual, pero que alguien no quisiese a Rebe me ponía de los nervios. Rebe dormía en un sofá cama del salón y yo en una cama supletoria en el cuarto de Fósforo. La casa de Fósforo estaba llena de discos antiguos, libros y fotos del presidente del Gobierno Felipe González, de eso sí me acuerdo porque el padre de Fósforo, cuando era amigo de mi padre y venía por casa, era el hombre más pesado del mundo con Felipe González. Parecía que le debía dinero.

Yo recordaba algún ruido en la cama de Fósforo, pero había pensado que se estaba rascando y nunca le di importancia. La gente se rasca, aunque es verdad que a Fósforo tenía que picarle todo mucho.

—¿No te rascabas las piernas? —le dije. No me importaba parecer gilipollas, era un momento demasiado importante como para disimular. Bastantes cosas en la vida había fingido saber y me había quedado sin disfrutarlas como para que también me ocurriese con ésta. La paja, dijo en algún momento Martiño, se iba a poner de moda en el curso siguiente y era mejor estar prevenidos. Era mejor, dijo, estar «pajeados».

—No, mira —pegó la espalda a la pared de la iglesia y se sacó el pito. Lo hizo fácilmente, como si se pasase todo el día sacándose el pito. Yo lo había hecho una vez en clase del Cándido con él, precisamente, con Ricardito Fósforo, pero entonces teníamos puesto el chándal. Podía pensarse que me pasaba la vida mirándole el pito a Fósforo, pero lo cierto es que ahora, tiempo después, me parecía que lo tenía un poco más gordo. Si yo tuviese que sacármelo con los vaqueros puestos, tardaría por lo menos cuarenta y cinco minutos entre la cremallera, la pretina y la ventanita del calzoncillo Abanderado. Tardaría menos tiempo Jesucristo en bajarse de la cruz y colocarme a mí allí.

Fósforo se mordió la lengua. Martiño estaba inquieto, yo expectante. Con dos dedos, el pulgar y el índice, se cogió el pito por dos lados, agarrándolo como si fuera un insecto, y bajó muy despacio la piel hasta dejar ver el pececillo rosado. El pito creció un poco, y Fósforo hizo otra pasada. Los dos dedos hacían deslizar la piel apretándola contra la carne; no agarraban, sostenían. Tampoco le daba aquello para más, ahora que lo pienso. Bajó y subió dos o tres veces aquella piel arrugada que se fue estirando poco a poco, hasta tensarse, y cuando tuvo todo bien estirado le azotó varias veces más. Luego suspiró profundamente mirando al techo, hacia las vidrieras con todos los santos, nos miró, dijo que ya estaba y se lo guardó todo.

Yo no me lo podía creer; lo había tenido delante todo este tiempo. No había que coger ninguna paja de sorber Fanta, ni paja de la paja del granero, ni nada; era algo facilísimo de hacer. Se sobreentendía que lo hacían los chicos del Álamos, y que a lo mejor por follar se referían a eso: así no me extrañaba que lo hiciesen en el bar. Martiño estaba algo turbado y le dijo a Fósforo que era un cerdo por hacerlo allí, que lo podían haber visto sus padres. Me pregunté qué diría el padre de Martiño, si lo hubiese visto, y qué tenía que decir un médico a esto.

La misa había empezado hacía mucho y en ese momento el cura estaba ofreciendo el cuerpo de Cristo, y aunque estábamos allí para llegar algún día a probarlo, yo sólo tenía ganas de llegar a casa y tocar el mío. Las cosas respecto a Dios siempre salen al revés.

Dejamos a Fósforo sentado en uno de los bancos —estaba como recuperándose— y salimos afuera Martiño y yo. Yo tengo pensamientos contradictorios respecto a Dios; es como si cuantas más fuerzas pusiese en creer en él, más se esforzase en que no lo hiciese. Por eso sé que existe, por cabrón.

El caso es que ahora que lo pienso no sé si Fósforo llegó a salir con nosotros o no. A lo mejor llegamos a salir los tres, lo que es seguro es que me recuerdo con Martiño yo solo, cerca de la fuente de una de las esquinas del parque donde Martiño solía jugar a las canicas.

—Me dijo mi padre que el tuyo estaba malo —empezó muy serio, con esa carita agresora convertida de repente en una especie de cara de cura confesor.

Era como si de pronto no fuésemos niños y, al no serlo, Martiño se igualase a mí. Pensé que del mismo modo que a veces los mayores se olvidan unos minutos de serlo, y parecen críos, también los críos se olvidan de serlo y se convierten en mayores. Al convertirse en niños, los mayores olvidan todo: las clases sociales, la razón o las experiencias que los convirtieron en mayores; al convertirse en adultos, los niños olvidan quiénes son los fuertes, los guapos o los ricos: les une algo mayor e impresionante, la noción de enfrentarse a problemas graves que exigen «conversación». Y es bien sabido que un niño no «conversa».

Así que aquello tenía mala pinta, porque a Martiño se le había puesto cara de trascendente, y me dieron ganas de decirle antes de que continuase que él tenía nueve años, ni siquiera diez. Como solía decir mamá cuando nos subíamos a la parra, «bájale una».

—Habló en casa con mi madre y yo escuché lo que decían, ¿quieres saberlo?

Dije que no. Lo dije muy nervioso, con la voz en tembleque, y Martiño entendió que no iba a ser posible una conversación de mayores por más información que él tuviese. Aún no. Tendría que seguir pegando a la gente, copiando exámenes y robándole las canicas y los trompos a los niños contra los que perdía. Martiño, aquella cara de pan con el mentón tan bien dibujado, tendría que seguir siendo un niño algunos años más, y lo más importante es que yo también. Y nadie me iba a convencer de lo contrario.

Días después nos fuimos varios a jugar al fútbol una tarde al salir del colegio. Fuimos porque Bomba había llevado el balón a clase, y nos habíamos tirado la hora de Lengua pasándolo por los pasillos sin que la profesora María Jesús se enterase. La profesora María Jesús era sorda pero no ciega, y por si nadie se había dado cuenta de que era sorda llevaba un sonotone enorme que para lo único que servía era para dejar claro que estaba sorda, como un cartel. Cuando levantábamos la mano decíamos «¡profesorda!», y ella respondía: «Dime, Donato» o «Dime, David».

—¿Porque es usted la profesorda, no?

—Y quién va a serlo, hijo.

Pues bien, echamos la clase pasándonos la pelota de Valente a Jairo, de Martiño a Guillelme, de Carolina a Legañas. No por los aires, sino por el suelo, dándole patadas hasta que llegó al pobre Elvis, que no tenía idea de ningún deporte, y si se enterase de que caminar era uno, habría exigido ir a todas partes en silla de ruedas.

Elvis cogió la pelota con la mano porque le pareció lo más natural, y así se la quiso pasar a Bomba: no porque fuera el pase más fácil sino porque era el dueño de la pelota y Elvis debía de entender que le hacía un favor. El problema es que Bomba estaba conmigo en las filas de delante y Elvis en la última, así que Elvis aprovechó que la profesorda estaba de espaldas a la clase, escribiendo en el encerado los adverbios, para ponerse de pie y apuntar a Bomba. Bomba decía que no con la cabeza, pero yo estaba a su lado riéndome y deseando por dentro que Elvis lo hiciese. Eso debió de animarlo porque, con toda la clase aguantando la respiración, el muy cabestro lanzó la pelota con toda la fuerza que pudo hasta pasar por encima de las cabezas de Golalo, de Jairo, de Mariña y por supuesto de Bomba, impactando de lleno sobre la profesora María Jesús, que a su vez estampó la cabeza contra el encerado.

Del topetazo se le cayó la tiza, claro, y Sabinito García García, que era el chapón de clase, un pelota y además quería llevarse bien con los guays y ser uno de ellos, se levantó corriendo a por ella y se la dio a la profesora diciendo: «Su tiza, profesorda», guiñándole el ojo a Pequeño Mundo.

—¿Qué me llamaste, hijo de puta? —preguntó la María Jesús. No recuerdo un silencio igual en clase. Se nos cortó a todos la respiración.

La profesora María Jesús miró fijamente a Sabinito. Tantos años sorda para que recuperes el oído y lo primero que oigas sea a Sabinito García García llamándote sorda. Yo lo hubiera tirado por la ventana. Como si un paralítico pudiese caminar y lo primero que tiene que hacer es ir a buscar agua al pozo.

La María Jesús abrió otra vez la boca, todos pensamos que para pedir perdón, y volvió a repetir la pregunta:

—¿Qué me llamaste, hijo de puta?

Sabinito empezó a llorar, doblado sobre sí mismo como una oruga. Arrugaba la barbilla y la golpeaba contra el pecho, como si estuviese en la iglesia pidiendo perdón. Pero aquí no había un Dios generoso, sino una mujer gorda y lista, vestida siempre con unas blusas gigantes para disimular unos pechos enormes que en ese momento eran dos montañas en erupción.

—Profesora —dijo.

—Qué.

—Digo que la llamé profesora.

—No, no me llamaste eso. Estaba demasiado cerca, y yo soy sorda pero no tanto.

No hay nada peor que un discapacitado que deje de serlo. Son como superhéroes. Sobre todo, si ocurre justo en medio de la acción. Deberían poder recuperar el habla, las piernas o lo que sea que hubiesen perdido en células de aislamiento para asumir y controlar sus nuevos poderes. La María Jesús podía escuchar ahora mismo los pensamientos de Sabinito, y le iba a partir la columna vertebral, no había duda. Hasta Pequeño Mundo, castigado a perpetuidad en una mesa al lado del encerado, no se atrevía ni a mirar atrás para buscar las risas habituales.

—Eso —Sabinito ahogó un llanto. Daba pena verlo; daba asco, en realidad. Recordé que su padre era policía local y a veces lo recogía en el colegio y se lo llevaba de la mano al medio de la carretera para dirigir el tráfico enfrente del cole si había muchos coches y faltaba el guardia. Un padre así, de enterarse que su hijo había llamado sorda a la profesora, lo dejaría en medio de una autopista.

—Eso, qué —dijo la profesora María Jesús.

—Que sorda lo ha dicho usted.

Sabinito García García, hijo de un policía local que entendía por llevarlo al trabajo meterlo con él a dirigir el tráfico (menos mal que era guardia urbano y no bombero) quería serlo todo, y esa gente en el colegio y en la vida está condenada. Ni siquiera nos chivamos de que María Jesús lo había llamado hijo de puta, cosa que la hubiera metido en un problema gordo. Y él no dijo nada porque Martiño, al acabar la clase, se lo quitó de la cabeza; le convenció para que viniese a jugar al fútbol con nosotros. Al fin y al cabo, gracias a él la profesora María Jesús no sólo no nos había quitado el balón, sino que ni siquiera había preguntado por el loco que le había estampado la cabeza contra el encerado.

—Hazle lo que quieras a un sordo, pero no le llames sordo —dijo Bomba cuando salíamos de clase.

—Si no oye, qué más da.

—Pues ya ves la Marijesu.

—Pues porque a Sabinito le faltó dibujárselo.

Nos fuimos a jugar a la pelota unos cuantos con una pequeña caravana de madres y un par de padres detrás, que luego se sentaban a su bola a fumar y a hablar de todo mientras nosotros pasábamos la tarde en el parque. De vez en cuando alguno de los padres, por ejemplo Armando, levantaba la cabeza al horizonte, gritaba el nombre de alguno de sus hijos, lo veía haciéndole aspavientos y regresaba a su sitio a seguir haciendo lo que estuviese haciendo, en su caso bebiendo una cerveza o leyendo una revista. Pero yo había visto a alguna madre enfrascada en conversaciones larguísimas con otras madres, levantarse como una zombi, gritar el nombre de su hijo que no sé ni cómo no se le caía la cabeza del grito que pegaba, fingir que lo había visto y regresar a la conversación. Eran como sirenas que sonaban cada media hora, y de este modo ayudaban a que el parque siempre sonase igual, con los habituales gritos nuestros, los patos del estanque, las campanas de la iglesia y finalmente los gritos de ellas, uno cada cinco o diez minutos, llanos y agudos, tremendos. Nadie les contestaba y daba igual.

Podría pensarse que un pederasta allí se pondría las botas, pero es que bien pensado nosotros mismos éramos los hijos de los violadores. Al menos Verónica Cantalapiedra: a su padre lo detuvieron por violar a una chica, y el caso se hizo muy famoso porque el juez le rebajó la condena al saber que el señor Cantalapiedra le hizo después el desayuno a la víctima. Para que no le quedase mal sabor, declaró. Y el juez valoró esto. Me imagino al juez valorándolo y me da la risa, claro que luego pienso en Verónica Cantalapiedra, que era una niña buenísima, valorándolo por su parte, y se me cae el alma a los pies.

Ese día que fuimos a jugar llevándonos a Sabinito García García, aún conmocionado porque le empezamos a llamar profesordo, nos encontramos a unos niños de séptimo en el campo que había frente a la iglesia, así que nos pusimos a mirar otro campo y encontramos uno sin salir de Campolongo, cerca de la obra de unas piscinas municipales. Elvis se sentó en la hierba a mirarnos (en realidad miraba cómo jugaba yo, y eso me ponía un poco nervioso porque yo no jugaba, sólo estaba en la portería mirándolo a él y haciendo muecas como un capullo) y los demás nos repartimos. Las porterías las marcamos con cuatro montones de sudaderas y los límites del campo eran los bancos y las fuentes de ese rincón del parque.

La verdad es que allí no jugaba nadie. Se soltaba un balón y todos iban a por él dándose patadas unos a otros, y algunos que jugaban bien, como Iván Touza Alarcón o Siro García Torres, o como Estanis Iglesias Tubío, que centraba siempre exagerando mucho el interior, como el jugador Míchel del Real Madrid, corrían con la pelota para tener unos segundos de respiro con ella y dar unos toques.

Durante el partido alguien le pegó una patada a Golalo, que se cayó dando muchas vueltas de campana como los futbolistas de la televisión, y paró en seco porque notó que algo le había hecho daño en la espalda. Fuimos todos allí para ver qué había pasado —yo también, y Fósforo me llamó la atención por haber dejado la portería— porque Golalo se quejaba muchísimo, y resultó que había una jeringuilla debajo de él.

En algunos rincones de Campolongo había muchas jeringuillas, normalmente todas juntas y tiradas en algún sitio muy concreto al que se iban a pinchar los drogadictos. Eran jeringuillas sucias, a veces rotas, con gomas azules tiradas alrededor, papeles y a veces algo de sangre. También aparecía alguna por ahí suelta, y no era raro encontrarlas en el patio del recreo, o en una acera cualquiera del centro, ni desde luego era raro que alguna estuviese por el parque. Por eso lo que hacíamos antes de jugar era revisar siempre el campo. Como los que en el fútbol de verdad marcan las líneas, pues nosotros barriéndolo de jeringuillas.

¿Qué había pasado? Que Golalo había exagerado tanto la falta que parecía que iba a acabar rodando hasta el río, y lo que no podíamos hacer era vaciar Galicia de jeringuillas para que Golalo pudiese rodar por las cuatro provincias si alguien le daba una patada. Si se había contagiado de sida era por teatrero, y no digo que estuviese bien, pero era una lección de la que los demás deberíamos tomar nota. Todos esos que siempre exageran mucho los daños, y me los encontraba en el colegio y en todas partes, siempre me parecieron que merecían lo que fingían. En cuanto a Golalo, se había tirado al suelo como si en lugar de sufrir una patada de tantas le hubiesen pinchado con una jeringuilla, así que en lo que a mí respectaba tampoco me iba a importar mucho.

Claro que había que verlo llorar. Parecía que se le acababa el mundo. Y estábamos muy asustados todos, porque no era cosa de broma. Por eso lo peor eran las explicaciones, sobre todo las de Sabinito, que tenía la autoridad del chapón y decía cosas como que no todos los drogadictos tenían el sida. Pero vamos a ver, ¿y se podía contagiar tan fácil? Nadie sabía nunca nada, ése es el principal problema con el que siempre tiene que lidiar un niño.

El problema de Golalo, como el problema de cualquiera, era cómo se lo iba a decir a sus padres. Cuando eres niño, si te sacan los dos ojos tu primera preocupación es cómo se lo vas a decir a tus padres, no cómo vas a llegar a ellos. Y la primera preocupación de tus padres, al enterarse, es cómo vas a salir en las fotos. Eso lo dijo la madre de Satur Castro cuando fui con él a su casa a explicarle que le había hecho yo, sin querer, el ojo morado. Le agarró la cara al niño que parecía que se la iba a explotar como una uva, y luego dijo apoyándose en una silla, casi desmayándose.

—Ay Saturniño, si tenemos una boda el domingo, ¿cómo vas a salir entonces en las fotos?

Lo de Saturniño se me quedó grabado, lo conté en clase al día siguiente y a Satur le empezamos a llamar Niño Satur o Niño a secas.

Yo creo que a Golalo, que a estas alturas se tocaba todo el cuerpo como si el sida estuviese extendiéndose a toda prisa, lo que le molestaba era que le hubiese tocado a él y no a los demás. De niño hay un bombo gigante con unas cuantas desgracias que te van a marcar el resto de la vida, que es toda, y a Golalo le tocó ésta. Esa mala suerte yo la entiendo y me parece bien lamentarla. Visto en perspectiva había que ser un descerebrado para creer que a Golalo se le había clavado justo la aguja de la jeringuilla, y que estuviese infectada y demás; pero, sin perspectiva y con ella, lo que sí era aquello era un asco y daba bastante miedo.

Hacia nosotros empezaron a correr varios mayores, avisados por los gritos de Golalo, y yo recuerdo bien lo que hizo Martiño entonces, que fue darle una patada a la jeringuilla para alejarla de allí, no se fuera a caer otro desgraciado encima. Y digo que lo recuerdo porque por eso empecé a contar esto, porque Martiño miró para mí cuando le dio la patada a la jeringuilla y no me quitó el ojo de encima, con la boca muy seria, como cuando uno calla para siempre mientras lo cuenta todo al mismo tiempo.

No sé si me reprochaba algo o me pedía perdón, pero en la cara de ese niño estaba la oportunidad de haberse hecho mayor y de que yo también lo fuese, aunque ya lo éramos todos. Ya no había más remedio que serlo porque a los niños como yo nos obligan a serlo muy rápido, y todo lo que podemos hacer es disimularlo el tiempo que podamos hasta que nos enamoremos o matemos a alguien, o hagamos las dos cosas a la vez. Papá decía que el amor y la muerte eran lo que convertía a un niño en mayor; se olvidaba de algo más importante aún: el amor, la muerte y él mismo.

VII

Hasta Navidad dormí en la habitación de Elvis, y Rebe en la de Claudia. La habitación de Elvis estaba llena de clicks por todas partes y en una esquina había un Tragabolas permanentemente, como si fuese una máquina recreativa. Cada noche había que recoger todo para poder sacar la cama supletoria en la que dormía yo.

El primer domingo, después de la catequesis, cuando llegamos por la tarde a casa después de comer hamburguesas y perritos de San Remo, me metí corriendo en el baño de la habitación de Armando. Era un baño pequeño, muy estrecho, con azulejos verdes, que ahora que lo pienso no sé si es una redundancia. Tenía un mueble enano encima del lavabo con las puertas de espejo, pero casi no me podía ver, sólo las cejas si me ponía de puntillas.

Antes de meterme allí, escuché los ruidos de la casa. Elvis iba a ponerse a aprender la lección de Sociales, o eso le había ordenado Claudia, y Rebe y la propia Claudia se habían metido en la habitación de Claudia a hablar de los niños de su colegio con los que se habían cruzado de vuelta a casa, un grupito de chavales de octavo curso con tenis de lengüetas supergordas que llevaban por encima del vaquero; daba pena verlos. Armando había dicho que antes de ponerse a trabajar se iba a tomar una pausa, que esta vez consistiría en salir al balcón a beber una lata de cerveza.

Preferí colarme en el baño del cuarto de Armando porque el otro lo usaban los demás, y era más fácil que me interrumpiesen. He de decir que, aunque echase el pestillo, si alguien hubiera llamado en ese momento a la puerta yo habría empezado a gritar pidiendo perdón. En general reacciono fatal a todo, no me acostumbro a reaccionar a nada. Así que me fui al baño de Armando con tanto miedo que llegué a pensar que justo entonces aparecería por la puerta de casa su mujer, la madre de Rebe y Elvis, con prisas por mear y una llavecita del baño pequeño en la mano entrando a trompicones por el pasillo desde Lugo.

Ya en el baño actué como si todos los demás estuviesen al otro lado de la puerta. Murmuré: «Ay, me cago», bajé la tapa de forma muy ruidosa, moví sin ton ni son el papel y me senté en la taza haciendo un poco de tiempo. No sólo estaban fuera Elvis, Rebe, Claudia y Armando; también estaban mamá y papá, y mis profesores, con especial atención al Cándido y a la María Jesús, y por supuesto Fósforo y Martiño, más como revisores de que todo se hacía bien que como censores, y después la clase entera, desde la Pasa, Pequeño Mundo, Inesita Labocane y Ruth Guapa o hasta Mariña Martínez Agujas y su papá con cáncer, aquel hombre tan entero y elegante lleno de tumores y de saber estar.

Tras un rato eterno, me levanté despacísimo del váter, y me quedé de pie frente al lavabo con los pantalones a la altura de los tobillos. Me miré el pito, una lombriz de color carne que colgaba de manera amorfa, como si sobrase del cuerpo. Lo sacudí un poco, pues había meado algunas gotas.

Dediqué varios segundos a mirarlo mientras sentía cómo se me aceleraba el corazón y empezaba a respirar más rápido, que hasta pensé que a lo mejor no me hacía falta ni tocarlo. Entonces pegué mi espalda a la pared; a pesar de llevar camisa, la camisa de los domingos, una camisa terrible de color verde, sentí el frío de los azulejos en aquel cuarto de baño tan pequeño que parecía el del Bodegas, el bar de los billares de la calle.

Yo cogí el pito, levantándolo un poco, alzándolo. Lo apreté como si estrujase una pieza de ropa mojada, y después de eso cogí aire y empecé a hacerme mi primera paja. Con el pulgar y el índice, moviéndolos a ritmo, como si inflase una colchoneta. Con tal solemnidad que de repente tuve ganas de abrir la puerta y dejar que entrase todo el mundo a mirar.

Al cabo de un rato yo ya tenía el pito crecido, el estado del pito que yo creía que era conocido como «polla», que era una palabra que se decía mucho en el colegio y de la que, como tantas, yo jugaba a adivinar con más o menos acierto el significado. Se referían al pito, tan gilipollas no soy, pero por qué «polla». Supuse que eso, el pito en su estado superior, era la polla. Y con la polla en la mano, aunque entonces no pensé ni en la palabra, seguí deslizando la piel una y otra vez. Me pasaba algo curioso, y es que mientras tanto miraba al espejito de las puertas del pequeño mueble que estaba frente al lavabo y veía mi frente crispada, pero no llegaba a verme los ojos: ¿podía ser eso? Semejante sinsentido me tuvo dos minutos haciendo un gesto mecánico sin pensar en otra cosa.

Luego me concentré en lo que estaba haciendo, sin pensar en nada más, sólo yo, mi mano y mi pito, hasta que de repente algo se me empezó a clavar abajo, una especie de dolor y placer, como un peso que se hubiese desprendido casi de la misma garganta. Pensé en los luchadores de Double Dragon II por una asociación instantánea. Pensé en Jimmy pasando por encima de Billy Lee y en Jimmy pasando por encima de Billy Lee, una y otra vez, en aquellas escaleras que nos llevaban a una pantalla en la que esperaban los malos. Y recordé a Elvis frotándose contra mí, apretando el culo, y yo encima de él fingiendo que estaba sobre una colchoneta salvándome de un naufragio. Fue la misma sensación, como si de repente se hubiesen fundido todas las luces de casa pero dentro de mi cuerpo, y yo me quedase sin aire y sin miedo, con un gusto enorme y una tremenda sensación de que había hecho algo mal.

Me vestí rápido y salí de allí como si hubiese robado. Recorrí el pasillo dos veces antes de entrar en la habitación de Elvis. No quería que notase nada. Era lo único que no iba a compartir con él. Eso, y el beso de Dani Ojitos. Todo lo que tenía que ver con el amor. ¿Era normal? De repente sentí que Elvis me daba más miedo que mis padres o que la policía. Pero no era el miedo a que pudiese reñirme, castigarme o dejar de ser mi amigo; era el miedo a que yo le pudiese hacer daño. Que le sentase mal, que se enfadase o se entristeciese por algo que yo hubiera hecho. Yo no lo soportaría y sentía que él tampoco soportaría que le contase esas cosas, más bien que las hubiese hecho.

Ese día no acabó ahí. Me hice una paja por primera vez, y gracias a la paja supe que la mamá de Elvis y Claudia nunca volvería a casa. Se lo pregunté a Elvis por la noche. Por la noche, cuando Armando nos apagaba la luz, Elvis y yo hablábamos. Creo que era lo más cercano a una conversación de adultos que teníamos. Debería haber venido Martiño Iglesias Pernas para que se quedase tranquilo, él y sus confesiones de mierda. Y ni esa noche, ni las siguientes, me atreví a decirle a Elvis lo que había hecho en el cuarto de baño, pero sí recordé a su madre porque había pensado en ella un momento antes de bajarme los pantalones.

—¿No echas de menos a tu mamá?

—Un poco.

—¿Por qué nunca llama? ¿Está enfadada con tu papá?

—Porque se ha ido. Nadie me lo quiere decir, pero yo sé que sí. La está buscando la policía.

—¿Cómo la policía?

—Sí. Claudia le pregunta a papá todos los días por ella, le oí decir que la están buscando, pero que se marchó ella.

—¿Pero os dejó a todos? Las madres se van del lado de los padres, no de los hijos.

—Pues la mía se fue del lado de todo el mundo.

—¿Adónde?

—No sé, a lo mejor con otra familia.

—No os quería.

—Sí, sí nos quería. Pero papá y ella discutían mucho, y en una de esas discusiones se fue. Ya se había ido antes, el año pasado. Pero sólo con Claudia, porque no podía atender a los dos.

Aquello me dolió muchísimo. No había hijos deseados en ninguna parte.

—¿Pero ellas vivieron aquí? ¡Yo nunca vi a nadie aquí!

—Nooo —Elvis abrió la boca como un pececillo, fue un no redondo. Me dijo que «su casa de siempre» en Pontevedra estaba en la avenida de Vigo, por eso él pensaba que iría a clase con Claudia a otro colegio. Pero cuando su madre desapareció, Armando vendió el piso y vino a vivir al de nuestro edificio. Eso supongo que explicaba que Armando pudiese trabajar sin cobrar. Y que se hubiesen matriculado en Campolongo. Recuerdo que pensé en la de cosas que hacen falta para que dos niños se conozcan, y que nada dependía de ellos, absolutamente nada.

—¿Por qué no te lo dicen?

—¿Lo qué?

—Que se ha ido, por qué no te lo dicen.

—Porque soy pequeño, dicen que no lo entendería.

—¿Y tú lo entiendes?

—A veces.

—¿Cómo a veces?

—Cuando la echo de menos no la entiendo. La odio. ¿Tú no odias a tus padres?

—No soy capaz.

—¿Siguen viviendo abajo?

—Claro —en realidad no tenía ni idea.

—¿Por qué no los llamas a la puerta un día?

Me eché a llorar sin que Elvis lo notase. Hubiera preferido mil veces que mis padres nos hubiesen abandonado y se hubiesen marchado lejos a que estuvieran viviendo en el mismo edificio.

Le dije a Elvis la verdad:

—Me da miedo.

—¿Qué te da miedo?

—Me da miedo verlos. No sé qué pasa, pero sé que es culpa de ellos.

—¿Por qué?

—No lo sé. Por las noches tengo miedo de todo.

Nos empezamos a quedar dormidos, o al menos recuerdo que empezó a haber más silencios entre las frases. Era lo que más me gustaba de quedarme dormido con Elvis. Primero espaciábamos las palabras y luego desaparecíamos, pero nunca del todo. Al meternos en la cama teníamos ansiedad por hablar y contarnos muchas cosas, poco después las frases empezaban a ser más lentas, como si las estuviésemos pensando, pero lo que pasaba es que nos quedábamos dormidos. Nos despedíamos diciendo: «Te quiero mucho, Elvis» y «Te quiero mucho, Tambu», pero casi nunca llegábamos a hacerlo. Nos dormíamos a veces en mitad de una frase.

Varias noches después oí rascarse a Elvis. Habíamos hablado hasta tarde, nos preguntábamos tonterías y respondíamos, hablábamos de los compañeros del cole, de los profesores, nos metíamos el uno con el otro, hablábamos de nuestras hermanas, cotilleábamos sobre los chicos que les gustaban. Yo estaba medio dormido ya, sin recordar quién había hablado el último o a quién le tocaba decir algo, y de repente tras unos minutos Elvis empezó a rascarse.

—¿Qué haces? —susurré alarmado.

Paró de golpe. Ya no le picaba nada. Él dormía siempre con un pijama verde de cochecitos; yo en calzoncillos y camiseta, siempre la misma, una de Superman desteñida de la que Claudia decía que parecía del payaso de Micolor.

Elvis siguió en silencio, pero alerta.

—¿Qué haces? ¿Te estás haciendo una pajita? —pregunté. Pajita me pareció menos brusco, como decir «pollita».

Elvis respiró un poco más fuerte, haciéndose el dormido, pero a mí no me la jugaba. Era mi mejor amigo, casi lo podía considerar mi novio, y me tenía mucho respeto porque al fin y al cabo yo era mayor que él.

—Elvis, no cuela. Si sólo te estabas rascando te dejo dormir.

Oí unos ruiditos en su cama, los movimientos clásicos de quien pretende estar despertándose. Vi el bulto de su cabeza a través de la oscuridad, una cabecita pequeña con el pelo rojo revuelto y una cara tan aturdida que parecían habérsele desordenado las pecas. Era una noche de finales de octubre y todavía no hacía frío, sin embargo, Elvis se había puesto una manta por encima de la sábana y el edredón. ¿Por qué? ¿Para rascarse?

Acercó su cara a mi colchón, que me recordó a un perrito náufrago que había visto en una película, y dijo: «Me estaba tocando ahí abajo». «Vale», respondí. Creo que nos gustó saber que los dos lo hacíamos. De alguna manera ya estábamos todos en el ajo. Parecía una de esas películas de guerreros que andan repartidos por el mundo y se van uniendo a una misión. Jimmy y Billy Lee podrán subir y bajar escaleras en la vida real. Quise hablar con él, explicarle que yo también formaba parte de aquello, pero no tenía fuerzas y me quedé dormido.

Nos hicimos muy amigos los cuatro, más amigos de lo que nunca fuimos después. Rebe no podía ser feliz, y ni siquiera Claudia le caía todo lo bien que debería, pero a Rebe nadie le caía bien del todo. Rebe es mi hermana y no tengo ninguna duda de que es la mejor hermana del mundo, pero había que conocerla. Era una niña alegre y desconfiada que sólo se ocupaba de protegerme, y ese trabajo la absorbía todo el tiempo. Por ejemplo, cuando al principio de ese curso estuve castigado por romperle una grapadora en la cabeza a Bomba, mamá decidió que Rebe esos dos días no fuese a clase para poder cuidarme.

Una de las cosas que siempre pasaban en casa es que los castigos que me caían a mí al final se aplicaban a Rebe. A Rebe sólo había una cosa que le gustase más que papá, y eso era el colegio. Pero desde que papá se puso malo otra vez, y de eso hacía ya unos meses antes de su primera muerte, Rebe prefería estar en el colegio. Sólo hay una clase de niños que prefieren el colegio antes que nada, y son los que no tienen familia. Me pregunté si no éramos una familia nosotros, o en qué momento dejamos de serlo.

Rebe estudiaba, pero cada vez menos, y se divertía, pero también cada vez menos. Además ocurrió algo increíble, y es que al empezar a estar tanto tiempo con Elvis, Rebe me desprotegió un poco, o más bien se protegía más a sí misma. Claudia le decía que tenía que empezar a gustarse, y yo creo que Rebe fue lo que hizo: empezar a gustarse un poco. Claudia le decía a Rebe que Rebe sí podía gustarse, pero ella, Claudia, no. Claudia me daba muchísima pena porque los demás se metían con ella, con su nariz, con sus pecas, con cualquier cosa que tuviese. «No es nada agraciada», me dijo Rebe una vez, y se me quedó marcado porque «fea» era una palabra que Claudia no merecía. «No agraciada» sí podría llegar a decírselo algún día para consolarla de los que la llamaban «maripecas» o «estrecha». Claudia respondía a todo sabiendo más cosas que nadie.

Un día caí en la cuenta de que Claudia sí supo desde el principio que su madre se había ido de casa, y que a lo mejor la adoraba como Rebe adoraba a papá, y qué triste tiene que ser eso; ese día lloré por Claudia, y por todas las desgracias de los hijos que quieren a sus padres sin que sus padres sepan muy bien qué querer.

—Y Elvis, ¿es agraciado? —le pregunté a Rebe.

Puso una mueca como de qué me estás preguntando. No se lo parecía, desde luego. ¡Era tan escuchimizado, tan horrible en el sentido tierno de la palabra! A lo mejor yo, como no me separaba de él en todo el día, lo estaba viendo con otros ojos. También digo que yo me miraba al espejo y ni fu ni fa, sobre todo al espejo del cuartito de baño de Armando. Rebe sí era guapa, o por lo menos empezó a serlo en aquella época. Se pintaba un poco y se hacía mechas, o eso creo. Lo que no sé es dónde ni con qué dinero.

Yo creo que a Rebe lo que le pasaba es que era muy familiar, y nunca había tenido una familia de verdad, algo duradero e importante que se pudiese llamar familia. Una familia puede llamarse así si dura, y como para mí todo duraba mucho, pensaba que tenía recuerdos bonitos de lo que un día fue una familia, pero cuando creces entiendes que eso no fue así, que en dos meses no se hace una familia y ni siquiera un recuerdo.

Rebe tenía trece años y ya sabía esto. Perdió muchas cosas en el camino. Dejó de escribir y de recibir cartas, algo que siempre le había gustado un montón. Las escribía a los periódicos y tenía correspondencia con amigas suyas de verano y también con alguna del colegio. Le encantaba bajar al buzón y encontrarse una carta a su nombre; entonces subía a saltos por la escalera, llegaba a casa y se encerraba en su cuarto dando gritos de alegría, sobre todo si la carta era de algún grupo o cantante que le gustaba, que total siempre consistía en lo mismo: una foto firmada que seguramente le mandaba la discográfica, la agente o quien fuese. También compraba la *Súper Pop,* y la dejó de comprar, y la *Tele Indiscreta,* y la dejó, y fue dejando todo hasta irse perdiendo poco a poco. Sólo estaba yo en su vida, o eso me hacía ver, y siguió pendiente de mí en el recreo y siguió llevándome y trayéndome del colegio, aunque la mayoría de las veces ya íbamos todos juntos con Armando.

De aquellas cartas suyas recuerdo los remites que hacía, entre flores y dibujitos; Rebe era de las que en los remites ponía todo: su nombre y sus apellidos, la calle, el código postal, la ciudad. Esa calle nuestra, Salvador Moreno, luego se acabaría llamando Rosalía de Castro porque de Salvador Moreno se recordó que había sido un fascista o algo así. Lo supimos mucho más tarde, y para entonces Rebe ya llevaba toda la vida diciendo el nombre de un fascista, escribiéndolo en documentos, diciéndoselo a todo el mundo que quisiera enviarle una carta. Yo ahora oigo Salvador Moreno y lo primero que recuerdo es a papá leyendo el periódico en su sofá, delante del tocadiscos, y a mamá feliz sirviéndose un poco de vino mientras lee un libro, los dos jóvenes y guapos. No sé si alguien me está entendiendo. Salvador Moreno dio un golpe de estado y luego fue ministro de una dictadura, pero si oigo su nombre me emociono muchísimo. Porque resulta que cuando vivíamos en Salvador Moreno hubo algún momento feliz, algunas semanas en las que jugábamos y nos reíamos juntos, y siempre estábamos en la cocina o en el salón, y cuando vivíamos en Rosalía de Castro, que era la poeta favorita de mamá y de Rebe, estábamos siempre solos, también en casa, y venían la policía o la ambulancia, y las luces estaban apagadas y, cuando algún día coincidíamos todos juntos, cada uno estaba en su cuarto y salía en silencio al baño, para no molestar a nadie, porque de repente en una casa en la que nunca molestó nada, se podía molestar por cualquier cosa.

Ese trimestre estudié más que nunca, hice todos los deberes y sólo me expulsaron cuatro veces de clase, la última de ellas de forma injusta. Fue una tarde en la que el Cándido llegó a clase yo creo que después de haber bebido mucho, o al menos olía muchísimo a vino tinto; olía igual que la habitación de

146

Armando cuando lo despertábamos por la mañana. Íbamos uno a uno leyendo pasajes de un libro mientras él se amodorraba con las dos manos sosteniendo su cabecita calva, y cerraba los ojos una eternidad. De repente alguien —leíamos por orden alfabético— se olvidó de seguir, así que paramos de leer y él no reaccionó: se había quedado dormido. Hubo un silencio de cinco minutos en los que no paramos de reír hacia adentro, agachándonos a atarnos los cordones, tapándonos la cara con las manos. Entonces Pequeño Mundo, que tenía el pelo muy rizado y alborotado, que era bajo y rechoncho, que siempre llevaba la misma sudadera gris que le llegaba a las rodillas, se aprovechó de que su pupitre era el primero por estar castigado eternamente, levantó el culo de su asiento y se estiró hacia él como una boa: al llegar a dos centímetros de su calva abrió muchísimo la boca haciendo una cara de espanto, como si se lo fuese a tragar. No podíamos más.

Pequeño Mundo volvió a su sitio con muchísimo cuidado y se sentó en la silla despacio, mientras la clase aguantaba la respiración, y cuando ya estaba todo en orden el Cándido empezó a abrir los ojos lentamente, como si le hubiese tocado en el hombro un fantasma, repasando la clase con el ceño fruncido, en un gesto muy propio de él: de izquierda a derecha y de derecha a izquierda, mirándonos a todos a los ojos hasta que se paraba con alguno más tiempo del prudente. Si uno se encogía de hombros, lo echaba fuera. Si se reía, lo echaba fuera. Si le apartaba la mirada, lo echaba fuera. Lo único que había que hacer era aguantar la risa durante diez segundos, y si la aguantabas te mandaba fuera, por listo.

Entonces Pequeño Mundarri rompió ese silencio terrible y preguntó si podía ir al baño. No sabíamos dónde meternos. Qué valientes eran los malos, la verdad. El Cándido lo miró extrañado y luego relajó su gesto. «Cómo no vas a poder ir al baño, claro que puedes ir al baño», dijo. Pequeño Mundo se levantó de la silla y cuando lo veíamos alejarse por el hall, el Cándido gritó: «¡Y ya no vuelvas!», mientras preguntaba a la clase con los ojos enormes: «¿Qué número tiene éste, qué número tiene éste?».

Al echar a alguien siempre ponía un gran cero en rojo. Eran ceros difíciles de quitar, más que los ceros en lápiz, que solía guardar para quien no se supiese la lección.

Una tarde dejó descuidada la mesa y Jairo Barbeito se acercó allí y borró sus ceros y los de la mayoría de sus compañeros. El Cándido no los echó en falta, o no quiso echarlos en falta. Si se te quedaba mirando y tú te reías, solía preguntar antes de echarte fuera: «¿Qué tengo, cara de argentino?». Sus sensores eran tremendos. Si se sumía en silencio la clase, él permanecía alerta como un cazador, para que nadie estuviese jugándosela.

Esa tarde pasaron dos cosas más. Pequeño Mundo, oliéndose que lo iba a expulsar al preguntar si podía ir al baño, dejó su reloj-calculadora con la alarma para quince minutos después. El Cándido había ordenado leer esta vez en silencio y así pudo echar la siesta más rato. De pronto sonó un ruido superestridente, que luego supimos que era la alarma de Pequeño Mundarri, y el Cándido pegó un salto en la silla que parecía haberlo despertado a gritos el presidente del Gobierno.

¡Qué susto se llevó! Fue el peor despertar que le vi a alguien en la vida. Tenía aún los ojos hundidos y un poco de baba en la boca cuando sacó el dedo a pasear y echó a cinco o seis que estaban cerca de donde sonaba la alarma del reloj; fue como tirar una bomba donde se oían campanas. «Tú, tú, tú, tú y tú, ¡fuera! ¡Está por nacer el que se ría de mí!». El caso es que el reloj no paraba de sonar y, fuera de sí, echó a dos más de la fila de Pequeño Mundo.

Veinte minutos después, cuando estaba a punto de acabar la clase, Inesita Labocane desapareció de su pupitre. Segundos más tarde, Martiño Iglesias Pernas. Y así hasta que el Cándido empezó a notar que le faltaban por lo menos diez alumnos, como si se los hubiese tragado la tierra. Yo no participé en aquello y recuerdo que los demás seguíamos leyendo en silencio, soportando a duras penas la risa. Los compañeros desaparecidos habían hecho una fila de rodillas, cada uno agarrado a las piernas del otro, como un gusano, e iban paseándose en silencio entre las filas de clase. En un error de dirección, no cogieron la curva correcta y desembocaron junto al encerado. El Cándido solía abrir mucho los ojos cuando algo le impresionaba, pero aquella vez los ojos le ocuparon toda la cara. Nos echó a todos a gritos, poniendo a algunos más de cinco ceros en rojo consecutivos, y mientras salíamos por la puerta dijo su frase favorita: «¡Estos ceros no los quita ni el señor ministro!».

Como aquello creó un serio problema de logística, porque no había tantas esquinas en el colegio donde colocarnos a todos separados, a un grupo de cinco nos puso junto a la entrada. Ahí estábamos

149

entre otros Elvis y yo, que salimos juntos de clase, pero también la Pasa y Jairo Barbeito, y una niña, Carolina, que era la sensación de los niños de clase y a la que Jairo y Ladillas no dejaban en paz dándole pellizcos y mordisquitos. Ladillas tenía la tenia, esto es algo que siempre me tuvo loco, entre otras cosas porque alguien así me da un mordisquito y lo separo de mí a palos.

Con Jairo Barbeito esa mañana yo había tenido un pequeño encontronazo porque en clase de gimnasia nos habían ordenado correr dando vueltas al pabellón, las típicas carreras de calentamiento, pero no sé en qué estaba pensando yo, que lo adelanté sin querer, y le oí decir algo contra mí, así que frené en seco hasta que me sacó una vuelta de ventaja, que cuando se acercaba hasta tuve miedo de que pensase que me estaba quedando rezagado para poder ir otra vez delante de él.

La Pasa miraba a Elvis con un poco de asco. Elvis me dijo que era porque era pelirroja como él y que los pelirrojos no tenían buena relación entre ellos. Elvis también decía cada mierda que había que estar allí para escucharlo.

—Hombre, el corredor —dijo Jairo mirándome. Era la primera vez que me hablaba en su vida, y eso que no podíamos estar en más grupos juntos. Me puse un poco nervioso, supongo que porque quería estar a la altura. Ahora me da vergüenza decirlo, pero ésa es la verdad.

—Qué pasa, Jairo.

—Cómo que qué pasa.

—Que qué tal —intenté mantener el tipo mientras pensaba en lo entrenada que estaba esa gente.

Pues resulta que la Pasa dijo que tenía capricho de «fumar», que la conga de clase, en la que había participado, le había puesto de buen humor y que quería celebrarlo con un «cigui», que era como llamaba a los cigarros. Jairo no se inmutaba, como si esto fuera el pan de cada día, mientras los demás mirábamos al horizonte aparentando normalidad. ¿Quién no querría echarse un pitillo con diez años después de que lo expulsen de clase? Si me lo preguntase Jairo en ese momento diría la verdad: nadie. Hasta me parecería mal no fumar. Podíamos incluso preguntarle a Golalo si había guardado la jeringuilla e irnos todos al puente del Burgo a pincharnos.

—Podemos ir al Álamos —dijo él, encogiéndose de hombros. Tenía la voz tan infantil y decía cosas tan adultas que parecía retrasado mental.

—Para ir al Álamos tenemos que salir del cole —dijo Caro.

—Mira la lista.

Total, que hubo que ir al Álamos porque allí vendían «ciguis» sueltos. Caro se quedó en su sitio castigada donde le dijo el Cándido porque no quería un cero más, pero como iba a tocar pronto la sirena y las clases se acababan, Elvis y yo nos fuimos con la Pasa y Jairo; teníamos ceros suficientes, en el colegio y fuera del colegio, para permitirnos uno más.

Jairo quería que fuésemos con él porque si pillaban a cuatro no era lo mismo que si pillaban a dos, y Elvis tenía muchísima buena fama entre los profes; era esforzado, se portaba bien, y daban ganas de subirlo a un hombro y tenerlo ahí todo el día. Pero Elvis sólo quería subirse a mi hombro y yo el hombro sólo se lo dejaba a Elvis. Lo que no quita que, pese a mi seguridad en esa y tantas cosas, no me pusiese nerviosísimo escapándonos a las agachadas del colegio. Y en el Álamos, ¿qué haríamos?

Yo no recomiendo a nadie la angustia de esos momentos, pegados a la pared del cole, yendo de árbol en árbol, creyéndonos agentes secretos en misión especial para que la Pasa pudiese fumar un pitillo. No recomiendo a nadie la angustia de tantas cosas estúpidas que hacíamos de niños y que pensábamos que iban a terminar con la vida de la humanidad. Como copiar, escaparte del colegio o darte un beso con alguien, no digamos ya con Dani Ojitos, el niño más guapo del momento. ¿Por qué aquella angustia? No lo sé, pero de repente se me pasó entera, tanto que tuve que frenarla porque allí, los dos sudando muertos de miedo pegados a una pared, estuve a punto de contárselo a Elvis.

—Eh, tú, Elvis Presley —Jairo, que iba en la avanzadilla con la Pasa, ya había cruzado el edificio de los de parvulario; le quedaba una carrera para salir del cole. Miré para Elvis, que estaba agachado como en una trinchera, casi fuera de sí. Sentí la emoción de una aventura.

—Qué quiere —me preguntó Elvis.

—Yo qué sé.

—Elvis Presley. ¡Si no cruzas luego te busco! —gritó Jairo antes de desaparecer de nuestra vista, como si hubiera saltado desde un acantilado dejando un mundo amenazado de muerte por él mismo.

Le había debido de notar a Elvis el miedo. Era un error, porque Elvis, un niño tan poca cosa que ni su Elvis era de Elvis Presley, nunca tenía miedo cuando estaba conmigo. Yo, que era más miedoso que él, tampoco lo tenía a su lado. Y eso, aunque suene bonito, es un problema bastante grande.

¿A qué íbamos y por qué íbamos? A lo que fuese, la verdad. Pero fuimos. Era una tarde horrible y pegajosa, nos habíamos reído todo lo que quisimos en clase del Cándido, como siempre, y las cosas en casa no iban a ser mejores. Recuerdo que estábamos cómodos juntos y que teníamos una confianza grandísima el uno con el otro, de esas confianzas en las que no sólo se dice todo sino que ya no se tiene que decir nada. Y Pontevedra en esas fechas de otoño era una ciudad muy agradable en la que poder ser feliz varias horas por la tarde.

Esa tarde empezamos a sentirnos dentro de un videojuego en la vida real, y empezamos a pensar también que podíamos pasarlo bien en cualquier parte, no sólo en un cuarto cerrado, a escondidas y a oscuras, siempre con la sensación de que algo no funcionaba en aquella forma de buscar la felicidad, sino en la calle y a la luz de día, incluso en un bar fumando por primera vez, quién sabe.

Había doscientos metros hasta el Álamos y Elvis y yo los hicimos solos, pero ya sin escondernos porque ir haciéndolo fuera del colegio era ridículo. Simplemente caminábamos, quizá la primera vez que lo hacíamos juntos y solos por ahí, sin padres y compañeros cerca, aunque no podíamos desviarnos del camino. Varios mayores se quedaron mirándonos, porque hay pocos espectáculos más incómodos que ver a dos niños solos por la calle en horario escolar, salvo que seas el hijo de un mendigo o de un yonqui, que en Pontevedra entonces había muchos.

Yo había pasado un millón de veces por delante del Álamos, pero nunca me había parado allí ni había entrado. Iban algunos niños de sexto, séptimo y octavo, y muy pocos de quinto: Mundarri, la Pasa, Barbeito y Pipas, ninguno más. Y todos repetidores, o sea alguno que ya debería estar trabajando. Yo también era repetidor, sólo un año. El más niño era Elvis y el que más lo aparentaba. Elvis podía ser el hijo de Pezetas.

Pezetas era un tipo enorme que debía de tener por lo menos quince años, pero estaba en séptimo o algo así; eso se decía, pero yo nunca lo vi en el cole. Era «trapi» (de estas cosas me enteraba por Rebe y Claudia, que eran mayores y estaban más al tanto). Lo llamaban así, el Pezetas, no porque fuese zarabeto sino porque le faltaba un verano. Resulta que era el hijo del quiosquero de la plaza de Barcelos, y cuando era más pequeño siempre iba por ahí con una bolsa de Peta Zetas, así que le quedó ese nombre y también Pezetas; eso había creado una confusión muy dramática porque había chavales que no sabían esta historia y cuando se encontraban con él en las salas de juegos le pedían monedas de veinticinco o de cincuenta pesetas.

Pezetas, como todos sus amigos, era malote de sala de máquinas, como llamábamos en Pontevedra a las salas de juegos. Allí daban el palo, que era sacarte el dinero, o te lo pedían para no darte unas hostias. Yo nunca entendí bien la diferencia, aunque tuve que aguantar un día a Fósforo en su casa explicándomela con un ojo hinchado.

Las salas de máquinas eran sus reinos. Al Álamos sólo iban para no ir al cole; como estaba al lado y el jefe era amigo suyo, no los molestaban. A las salas, en horario de cole, iba la policía de vez en cuando. De Pezetas se contaban dos historias; las historias de Pezetas, como las de Jairo o las de la Pasa, era imposible saber si eran de verdad.

Una de las historias de Pezetas es que fue el autor del robo de la bicicleta de Olallita Sueiro, una niña que había llegado el año anterior al parque con una bicicleta de marchas, creo que la primera que hubo en la ciudad. Cobraba en golosinas una vuelta con ella. Un día dijo que se la habían robado y también dijo muy seria, muy adulta, que el ladrón se iba a enterar porque su padre —el de ella— era policía. Eso era verdad porque tiempo después el padre aparecía de vez en cuando en casa de Armando para hablar con él porque se conocían, dijo Armando, de la aldea de Lugo. Yo creo que cuanto más pequeña es una aldea más gente tiene por el mundo circulando para que se encuentre.

Lo que se dijo fue que el padre de Olallita siguió unas «pesquisas» y dio con la bicicleta desmontada de su hija debajo de la cama de Pezetas. Y que no le hizo nada, ni le detuvo ni nada, sólo le advirtió de que no volviese a robarle nada a nadie. La hermana de Olallita estaba en clase de Rebe, y Rebe me contó que en un cambio de clase le preguntaron varias si la historia era verdad y sólo dijo que su hermana volvía a tener la bici, que su padre la había recuperado pero que, como era de la secreta, no podía decir nada más. A todos nos gusta flipar. Supongo que la historia era verdad y que el padre de Olallita, un secreta para todo el mundo que no viniese a nuestro recreo, era el típico policía enrollado que no quería hacer daño a Pezetas, por eso lo primero que hizo al llegar a casa con la bici fue contárselo a sus hijas pequeñas y pedirles que no lo dijesen por ahí. Ya sé cómo se las gastan todos esos.

«Secreta» era una palabra que nos hacía sentir mayores y la pronunciábamos como si fuésemos comisarios, hubo un año que no paraba de decirse en clase y nunca como chiste sino como señal de estar en el ajo.

De Pezetas se contó también que lo detuvo otro policía, éste de uniforme, después de un caso rarísimo. Resulta que aceptó cinco mil pesetas a cambio de que le diesen una patada con unas Doc Martens en la pierna con toda la fuerza del mundo. Lo hizo una noche de verano en un pub que había cerca del río Gafos. Acabó detenido y con la pierna rota. Esa leyenda me cuesta más creerla porque Pezetas era un delincuente, pero no pasaba por ser tan tonto, dentro de que se dedicase a ejercer de malo entre los niños del colegio, que hay que tener una pedrada. Pero son cosas que yo vi más tarde, cuando crecí: entonces para mí Pezetas y todos los del Álamos eran gente chunga a la que evitar y, cuando no se la podía evitar, a la que obedecer.

El bar estaba al principio de una calle que habían abierto hacía unos años y que utilizábamos muy pocos, pero esos pocos éramos nosotros porque atajábamos un montón. Allí sólo había una academia de recuperación y luego el Álamos, lo cual bien pensado era una buena ironía. Elvis y yo llegamos intentando pasar lo más disimuladamente posible, casi como si hubiéramos fundado el bar. En la barra estaba Pezetas fregando unos vasos, por supuesto. Antes que estar sentado en una mesa con un libro delante, Pezetas era capaz de barrer gratis la ciudad entera. Al principio no se reparó mucho en nosotros (estaban casi todos al fondo, donde los billares), así que miré un rato a Pezetas; nunca lo había tenido tan cerca. Era tirando a gordo, llevaba una camiseta de Fido Dido y pantalones de chándal. Tenía el pelo castaño clarito, largo, y los ojos verdes, pero también ese gesto en la cara de quien tiene que estar dando miedo todo el rato. Eran malos, tampoco había otro oficio. Hacían el mal no sé si por no pensar o por qué, lo hacían y punto. Así no se puede ser guapo en la vida.

A Pezetas en ese momento se le escapó un vaso en el fregadero, que a saber cómo lo estaba limpiando, y gritó una blasfemia tremenda («¡me cago en Dios!») cuando se rompieron los cristales. Entonces miró para nosotros, supongo que dos sombras diminutas en la puerta, y dijo señalándome.

—Eh, tíos. ¿Ése no es el hijo de Malaherba?

VIII

Allí en el bar Álamos, en el momento en que Elvis y yo pusimos los pies y oímos el ruido de cristales rotos, recordé al abuelo Matías como si hubiese tenido la última visión de algo. Yo no debía de tener más de seis años y corría por una finca en donde él soltaba las gallinas y cosechaba patatas y lechugas; para los niños había dejado una parcelita pequeña, de apenas seis filas, en la que se cultivaban fresas. También vendimiaba unas pocas parras con las que hacer vino, y para hacerlo se metía en una especie de bodega a la que nunca nos dejaba entrar, ni a Rebe ni a mí, ni a los primos, debido a los olores y las herramientas.

Cuando yo tenía siete años, antes de que se enfadase papá con el abuelo y no lo pudiésemos volver a ver, cogí la llave de esa puerta enorme y entré allí. Había muchísima oscuridad —sólo daba luz una bombilla pegada a una pared, casi al principio— y telarañas, muchísimas botellas vacías y también dos o tres barriles. Abrí un armario viejo antes de irme —si alguien me encontraba allí, mi excusa era que estaba buscando una pelota—, y me encontré con un montón de ropa tirada y un traje colgado, un traje viejo de Batman.

Ese día por la noche, sin poder dormir, pensaba en lo raras que son las cosas dependiendo del lugar en el que se encuentran. O más bien pensaba en que no hay ninguna cosa rara en el mundo, lo raro siempre es el lugar en el que se encuentra. Y cómo de golpe cosas que yo había visto y que me habían impactado un montón se olvidaban con las primeras explicaciones. Por ejemplo, esa noche volví a un momento que ya no recordaba, un día que entré en silencio en el salón de los abuelos para darles un susto, y me encontré al abuelo hablando por teléfono en una lengua que yo no conocía, y que luego me aclaró que era inglés. Fue la primera vez que oí a alguien hablar en inglés, y fue a mi abuelo, que era un aldeano que cuidaba animales y cosechaba la tierra, y que se había ido a vivir al pueblo con la misma sensación de prosperidad de uno que llega a Nueva York, aunque lo pongan a barrer calles.

La abuela Esperanza me dijo allí mismo, sentada en su sofá, que el «abuelito» hablaba inglés porque había sido marino mercante, y había estado en medio mundo. Yo no lo sabía, pero bien es verdad que tampoco sabía casi nada del abuelo, sólo que había emigrado a América cuando tenía quince años. A algo se había dedicado, porque a los veinte años nadie se pone a cultivar fresas pensando en sus nietos. Así que lo di por bueno, aunque yo, que leía todos los cómics del mundo, nunca había leído el cómic que me dijese adónde se fue Batman cuando dejó de saltar y de correr, cuando se hizo tan viejo que abandonó todo, hasta el dinero que hizo, para dejar de ser Bruce Wayne y volver a ser Matías Santa. Pasé varios meses convencido de que mi abuelo era Batman, y aunque me quemaba no poder decírselo a nadie, tampoco tenía a mucha gente a quien contárselo.

Un día lo hice. Íbamos juntos a la finca y le pregunté si él era Batman. Yo iba saltando, fingiendo que jugaba con mis compañeros y rivales imaginarios, imitando sus voces y la voz del público, cuando de repente me acordé y pensé que a lo mejor un día el abuelito se moriría, o me moriría yo, y todo el mundo se quedaría sin saber aquel secreto gigante.

Así que se lo pregunté.

—Abuelo, ¿tú eres Batman?

Tenía la cara contraída, yo imagino que por la presión de la máscara durante tantos años, y el pelo muy rizado y muy blanco. Miró para mí en silencio, que pensé yo que estaba asimilando la pregunta más importante de su vida, y preguntó: «¿Quién carallo soy?».

Le conté las pruebas que había reunido: el traje que estaba en su refugio secreto (la «batcueva», le dije estudiando su reacción), la lengua que él mismo podía hablar, que era la misma que se hablaba en el país de Batman, ¿y por qué se había ido tan pronto a América y nunca decía nada de eso?

El abuelo me miraba como a un loco. Juró no saber quién era Batman, que era precisamente la reacción que yo esperaba de él y hasta le solté un «ajá», y también que nunca había oído hablar de Bruce Wayne. Balbuceó algo de que recordaba el inglés necesario para hablar con una hermana que había emigrado a Venezuela con él, pero después viajó a Estados Unidos, al traje lo llamaba «disfraz» y dijo que mi tío siempre andaba por ahí con sus disfraces de un lado a otro, y que los guardaba donde podía.

Yo no sólo pensaba que mentía, sino que él mismo sabía que mentía, y en algún momento de la tarde, mientras trabajaba en la finca, se lo dije. Estaba tan desesperado negándolo que parecía que iba a llorar, y al final, cuando le pregunté si había tratado al Joker, casi me tira un murciélago a la cabeza.

Cuando llegamos a casa la abuela preguntó qué tal y él dijo, riéndose: «Mala herba nunca morre». Esa tarde en el Álamos, la primera vez que me escapaba del colegio, recordé que el abuelo decía mucho: «Mala herba nunca morre». Me reí para adentro, de la misma forma que Elvis y yo habíamos empezado a vivir.

Yo, la verdad, pensé al principio que Pezetas me estaba insultando, que Malaherba había llegado a tal nivel de mitificación que ya se decía esa expresión, hijo de Malaherba, como hijo de mala madre. Hijo de Malaherba sería de esta forma el primer insulto dirigido al padre del insultado en vez de a la madre, si bien con nombre femenino, hierba, porque se ve que todo de golpe no puede ser.

—¿Es o no es? —la mirada de Pezetas, por lo general extraviada, se achicó un montón, como si detrás de mí pudiesen ir apareciendo mis antepasados.

El bar Álamos olía al salón de casa cuando papá escuchaba música: a tabaco y a gente que cree que la vida le debe algo y no se ha portado bien con ellos, como si la vida fuese algo con lo que poder pactar y esperar recompensa. Se oían los golpes de los billares y de un futbolín que había atrás del todo. Elvis y yo nos metimos las manos en el bolsillo, supongo que porque pensamos que eso era de pasotas y nos ayudaba a disimular. Pero el aviso de Pezetas había hecho que al menos uno de los billares se vaciase, y viniesen hacia nosotros varios niños, los que jugaban y los que miraban, entre ellos Jairo y la Pasa.

La Pasa se acercó fumando y yo era la primera vez que veía fumando a alguien de mi clase. No levantaba un palmo, pero fumaba como todos los que fumaban antes de los doce años, que parece que fuman para no pegarte. Me impactó bastante, aunque yo creo que en ese momento estaba dispuesto a que me impactase cualquier cosa. Iba predispuesto, por así decirlo, al impacto.

Uno de los que se acercaron en ese momento era un niño de octavo que llevaba la bomber Chevignon que a mí me gustaba y un flequillo de skater, porque era de una pandilla que estaba con sus tablas Powell Peralta siempre en la Seta, una zona con rampas en Campolongo.

—¿Vosotros qué hacéis aquí?

—Vinieron con nosotros —se adelantó Jairo—. Nos echaron de clase, nos escapamos y queríamos fumar.

—¿Fumáis? —Don Chevignon nos lo preguntó a los dos. Me imaginé a Elvis fumando y me dio la risa; el cigarro era más largo que él.

—Vale —me encogí de hombros, pensando que me invitaba.

—Pues sacad el dinero, que los ciguis cuestan —el que dijo esto era un tirado al que no le puse ni nombre.

Yo no había tenido una moneda en el bolsillo en mi vida, pero Elvis llevaba siempre de todo encima, desde kleenex para sus mocos eternos hasta envoltorios de chicles que no se atrevía a tirar en la calle, palitos de kojak y, por fin, ese día apareció una moneda de veinticinco pesetas, una fortuna. Todo lo que iba olvidando o dejando atrás, todo lo que nunca encontraba Elvis, normalmente lo llevaba en el bolsillo.

Pezetas sacó una cajetilla de debajo de la barra y nos dio un pitillo. Un amigo de Don Chevignon que me sonaba muchísimo nos acercó un mechero. Me hice el despreocupado y lo cogí, mientras pasaba el pitillo entre los dedos, pensando en que ojalá fumar consistiese en eso.

—¿Tú no estás en clase de mi hermano? —me preguntó.

Reconocí de golpe a Gálaxy, el niño del que me había hablado Claudia. Y caí en que se parecía a Dani Ojitos, al menos tenía el mismo color de ojos; chicos malos todos metidos en un bar en horario de clase.

—Dani Rey —dijo.

Los pijos hablaban así: decían el nombre y el apellido de cualquiera, tuviesen la edad que tuviesen. Me los imaginaba en los hospitales preguntando así por sus recién nacidos: «Dani Rey», metiéndoles ya el apellido antes de que les cortasen el cordón umbilical.

—Sí —dije—. Vino a hacer los deberes con nosotros un día.

Le dije que no sabía que era su hermano. Me pareció una frase normal. No se lo tomó bien. Sentí antes en mi cuerpo el miedo de Elvis que el mío.

—¿Por qué dices que no? Eres maricón y además tonto.

—Yo no sabía que era tu hermano.

164

—Todo el mundo en el colegio sabe que somos hermanos y todo el mundo sabe que vosotros sois una pareja de maricones.

¿Por qué hablaba tan mal? Eso nunca lo entendí. Lo dije en mi declaración y lo digo ahora. ¿Por qué esa violencia, esa maldad? Yo no lo conocía de nada, nunca le había hecho nada, sabía que existía desde hacía dos segundos. ¿Por qué tenía la necesidad de tratarme así? ¿De dónde venía esa necesidad y por qué tenemos que pagarla los que sólo queremos ir a nuestro aire? Yo no era tonto, o al menos me esforzaba en no serlo. Sabía lo que estaba empezando a pasar en el cole desde semanas antes, sabía y no sabía a la vez. ¿Por qué siempre hay alguien que te lo quiere decir a la cara, que quiere que sepas, que no se va tranquilo hasta ver cómo empiezas a sufrir? Hay gente que no consigue dormir a pierna suelta si no sabe que hay personas que están sufriendo por su culpa.

No entendía a esa gente. De ese dolor, lo único que entendía era lo que me provocaba. Elvis tendría razones para hablarle mal a él, para romperle un vaso en los ojos si hiciese falta por lo que le hizo a su hermana. Claro que Elvis, que estaba temblando a mi lado con los bolsillos vaciados, como si le hubiesen quitado la capa de superhéroe, me tiraba de la manga supongo que para preguntarme por qué nos llamaba maricones.

Me giré hacia él. Tenía su carita pecosa encarnada y le brillaban los ojos de actriz. Pegó su boca a mi oído: «Tú me dijiste que no éramos maricones». «No lo somos», respondí en alto.

—¿Qué te está diciendo tu enanito de los bosques? —preguntó Gálaxy.

165

Días antes, Elvis y yo estábamos en el recreo jugando a las canicas (Elvis tenía una buena colección de americanas, titigoris y bolones de gasolina, las más estupendas de todas) cuando vinieron al callejón Fósforo y Televés a decirnos que a la vuelta del recreo todos tendríamos que tener novia. Al parecer la idea había sido de Ruth Guapa, que se lo dijo a Graciela y a las demás de su pandilla, y aparecieron en el recreo mientras los niños elegían los polis y cacos, y ni cortas ni perezosas se pusieron a elegir ellas novio. Ninguna nos echó de menos a Elvis ni a mí.

Robertito Televés y Ricardito Fósforo se ve que tampoco tuvieron suerte, y estaban recolectando a gente como Elvis y como yo para que al volver a clase tuviésemos todos novia. Entramos juntos y nos preguntaron qué niña nos gustaba, como si aquello fuese la feria del ganado a la que a veces iban los amigos de mi abuelo Batman.

—A mí no me gusta ninguna niña —respondí.

—¡Ja! ¡Te gustan los niños! —con aquella carita que ponía Fósforo cuando estaban a punto de rompérsela, como si la preparase.

—¡A ti tampoco! A tu casa no invitabas a ninguna niña.

—¿Cómo va a invitar a una niña a su casa? —intervino Televés. Teníamos ya la atención de algunos niños que habían entrado en clase y se habían parado con nosotros.

—Pues antes las invitaba —dije.

—Era muy pequeño, las invitaba mi madre.

—¿Dormían niñas en tu casa? —Martiño, hecho una bola sin sacarse el anorak, lo preguntó como si invitase a dormir babosas.

—¿En la vuestra no? Mi madre las invitaba, eran hijas de sus amigas —respondió Fósforo.

Pero eso no era verdad. Yo me acordaba porque entonces iba mucho a su casa y llegué a pasar una temporada viviendo allí. La madre de Fósforo, que era socialista como su padre, contaba entre horrorizada y divertida cómo Ricardito invitaba a algunas niñas de clase a casa, y cómo después de un verano parecían haber desaparecido llevadas por un huracán: no volvieron nunca. La madre de Fósforo decía que era normal y que le pasaba a muchos niños, que al parecer llegan a una edad en la que son «conscientes» de las niñas. Yo ahora pienso que quizá lo que me pasó es que no fui «consciente» de Elvis.

Ese día le dije a Ricardito que no entendía por qué me tenían que gustar las niñas si él mismo se enfadaba si le recordaba que las invitaba a su casa. A mí no me gustaban las niñas, sólo me gustaba Rebe y me empezaba a gustar un poco Claudia, aunque preferí no nombrarlas. Pero yo jugaba con ellas, hablaba con ellas, hacía tratos con ellas. Y, sin embargo, los que no se acercaban ni con un palo, los que las perseguían para molestarlas y los que jamás las invitaban a su casa a jugar eran los que iban por ellas. Y resulta que a ellos les gustaban las niñas y que a mí no.

Fósforo me hizo saber allí mismo que iba por Isabelita Baltar, que no sabía la pobre Isabelita —la miré de reojo junto al encerado discutiendo con Ruth Guapa— la que se le venía encima. Me preguntó por quién iba yo y le dije que no iba por nadie, que venía con Elvis. Alguien dijo desde atrás que siempre estábamos juntos, y dije que sí, que nos gustaba estar juntos.

—Entonces sois novios.

—Pues supongo.

—Pues entonces seréis maricones —se oyó al fondo.

—Pues entonces maricón será tu puta madre —dije.

No sé de dónde saqué la fuerza; me llevé a cuatro por delante para llegar a quien nos había llamado eso, pero le dio tiempo a poner entre él y yo un pupitre. En ese momento entró el Cándido, a punto del desmayo, y me echó a mí, a Fósforo por estar en medio y a Elvis, que no paraba de llorar. Nos puso un cero en rojo, que es un cero de mierda. Y fuera de clase, castigados, Elvis me preguntó si éramos maricones. Le dije que no. No sabía exactamente qué significaba la palabra, pero sonaba fatal y nosotros no estábamos haciendo nada malo para que se nos insultase. Nos gustaba estar juntos y, cuando estábamos solos, jugábamos como todo el mundo. Se acercó más a mí, para que Fósforo no oyese, y repitió: «¿Entonces si no somos maricones, qué somos?». «Novios», le dije. Parpadeó muy rápido, y se quedó tranquilo.

Fuera del Álamos hacía un día buenísimo, estaba la tarde fresca y soleada, con mucha luz, y en breve saldrían todos del colegio para ir al parque. En los últimos días Elvis y yo nos sentábamos en la hierba a ver cómo jugaban los de nuestra clase al fútbol, y a veces nos poníamos a jugar a las canicas los dos, en algún lugar apartado para que nadie quisiese jugar con nosotros y nos ganase. Ese día también tendría que haber sido así. Pero estábamos en un bar porque nos habían castigado, y entre la oscuridad se oían el ruido de los futbolines, la máquina tragaperras, y la voz definitivamente asquerosa de Gálaxy, que era guapo como su hermano, pero con maldad, o sea un guapo que lo sabe demasiado pronto. Y con dinero, porque nadie olvidaba que a Dani Ojitos lo llevaba al colegio una asistenta ni que en su bloque de edificios tenía una piscina comunitaria, y supongo que los dos recibían clases particulares de todo, piano, inglés y lo demás, para convertirse en súper niños y empezar la vida con ventaja.

Imaginaba a Claudia Romero Viscasillas a solas con ese tío, mendigándole por favor un poco de amor, mendigándole que le metiese la lengua en la boca y la hiciese sentir una niña atractiva y un poco popular, y me daban náuseas.

—Venid, niños maricones, venid al fondo, que si os quedáis ahí os pueden ver vuestras mamás.

Esa expresión de «niños maricones» hizo reír a los de atrás. Nosotros estábamos cerca de la puerta, donde caía muchísima luz, y fuimos invitados a ir para dentro. Como en clase, como en los autobuses, como en la iglesia, como en la sala de juegos, como en todas partes, allí estaban las mismas caras o, por lo menos, las caras que estaban allí, en el fondo del Álamos, se parecían a las caras del fondo de todas partes.

—Fuma, entonces —me dijo la Pasa. Ella acababa de fumar, así que me fijé en su cara para saber cuál

169

era el efecto. Tenía la misma cara de vieja de siempre, la cara de la Pasa.

Elvis y yo nos sentamos en una mesa frente al billar, donde se pusieron a jugar otra vez Gálaxy y Don Chevignon. Con nosotros se quedaron Jairo, la Pasa y Pezetas, que tenía un ojo puesto en la barra y dijo que se iba a hacer un porro. De los porros lo importante no era fumarlos, sino anunciar que te los ibas a hacer. Rebe me decía que no conocía a nadie que se hiciese un porro sin más, en silencio y sin avisar a nadie; tenía que decirlo en alto, y sólo entonces se ponía a hacerlo, si sabía. A veces se daba el caso de que alguien, un meritorio, anunciaba que se hacía un porro, dejaba pasar un tiempo sin hacer nada y al cabo de un rato decía que se iba a hacer otro. En Campolongo había porreros de categoría que no habían visto uno en su vida, pero se habían hecho un nombre y una fama. Esto luego pasaría con todo.

Cogí el pitillo y usé el mechero que me había dado la Pasa para encenderlo. «Chupa, aspira», me dijo. Aspiré el pitillo y se encendió muy rápido. No podía dejar de mirar para Elvis, que tenía los ojos como platos, pero sin tenerlos, en una expresión muy suya de asombro que no dejaba ver con claridad para no llamar la atención. Lo conocía tanto, por dentro y por fuera, y habíamos hecho tantas cosas juntos y tantas cosas por separado que nos habíamos contado, que si me hubiesen puesto un examen sobre él lo rompería en las narices del profesor.

Intenté por todos los medios no toser, aunque sin conseguirlo, mientras Pezetas iba y venía de la barra con un porro colgante en la mano sin dejar de mirarme. Era como si yo le sonase o le sonase mi vida, pero allí descubrí que nadie se tomaba en serio a Pezetas; a veces piensas que alguien es el rey de algo, das un paso y resulta que es un mierda, por eso hay que moverse siempre.

Fumé la mitad del pitillo, el primer pitillo de mi vida, y lo apoyé con cuidado en el cenicero. Se quedó allí echando una columnita de humo que me quedé mirando entre pasmado y pensativo. Jairo y la Pasa se movieron de mesa, y empezaron a darse el lote. Nadie les prestaba atención. Le pedí a Elvis por favor que mirase su reloj-calculadora, porque teníamos que estar en la puerta de colegio a la hora que acabasen las clases.

—¿Cómo se llama ese juego que hacéis vosotros, las tinieblas? —Gálaxy se dirigía a nosotros, la partida había acabado.

Don Chevignon y Gálaxy ganaron. Los dos que jugaban contra ellos se retiraron del futbolín y fueron a pedir dos botellines de cerveza.

—No sé de qué hablas —me encogí de hombros.

—Pues mi hermano me dijo que un día fue a vuestra casa a hacer los deberes y jugasteis a una mierda que se llama las tinieblas.

Volví a encogerme de hombros.

—Y que le metiste la lengua en la boca —me dio con el palo de billar en el pecho—. ¿Les metes la lengua en la boca a los niños?

—Eso no es verdad.

—¿Estás llamando mentiroso a mi hermano?

—No es verdad.

—¿Entonces miente?

—No es verdad, te digo que no es verdad. Él me metió primero la lengua.

—Ah, que somos una familia de maricones.

—No lo sé —dije. A lo mejor era verdad. A lo mejor eran una familia de maricones.

Gálaxy hablaba como si se estuviese quedando sin respiración. Creo que es lo último que recuerdo, la falta de aire. Elvis levantó exageradamente su muñeca, enseñando el reloj-calculadora que le había regalado su madre hacía siglos; era lo que le quedaba de ella.

—¿Nos vamos? Faltan cinco minutos para que suene la sirena.

Pero nada más decirlo empezó a llorar. Lo tenía a mi espalda y sentí perdérmelo. Lo había visto llorar dos veces, siempre por culpa de Armando cuando perdía los nervios, y la preparación era todo un espectáculo. Se le arrugaba la mejilla al lado de la nariz, se le contraía formando una arañita en la piel. Otra cosa fantástica era que sus lágrimas no caían cara abajo: saltaban. Era un niño y yo no porque yo no era capaz de llorar así. Sus lágrimas salían con una fuerza impresionante y terminaban aterrizando en los mofletes como si lloviese; producían ruido. Ahora, sin embargo, yo no oía nada.

—¿Por qué no nos enseñáis a jugar a las tinieblas?

Dije que no con la cabeza.

—Pues entonces os invito a un porro.

—¿Un porro?

Jairo y un chico mayor vinieron a nuestro lado.

—Dice Pezetas que cree que es hijo de Malaherba.

—Mejor para él que no lo sea, con la pasta que dicen que sacaba ese tío en las salas.

172

—Sólo te digo para que controles, a ver si es una liada.

Era como si hablasen de un extraterrestre. Supongo que esto es común porque luego lo he leído en varios libros; hay un momento en que todo pasa a estar fuera de la realidad y puede ser un sueño o una pesadilla, del mismo modo que cuando conoces a alguien nunca sabes si serás su veterinario o su carnicero. Y me apeteció fumar un porro. De repente me apeteció todo, cosas que nunca pensé que me apetecerían y cosas que no sabía que existían, y que por tanto no me habían apetecido nunca.

Pero fue Gálaxy, con su frente estrecha y estúpida, con esos ojos de mierda que empezaban a ser idénticos a los de su hermano Dani Ojitos, el que dijo «vamos al cuarto de las cajas a fumar el porro». No lo dije yo, lo dijo él. Fue Gálaxy quien lo dijo. Dijo: «Vamos al cuarto de las cajas», y de lo único que se me puede acusar es de no haber dicho: «Por qué vamos a ir allí si Pezetas se está fumando un porro aquí, en los billares», del mismo modo que se me tuvo que haber acusado no de dejar sin ojo al profesor de Gimnasia, sino de dejarle el otro intacto.

—Pues vamos —dije.

Elvis se levantó e intentó correr hacia la puerta, pero le agarré del brazo con fuerza, creo que haciéndole daño, y lo llevé conmigo. «Lo hacemos todo juntos», le ordené. «Pues esto también». Me lo llevé a mi lado, conmigo, un poco arrastrándolo, mientras Don Chevignon, Gálaxy y Jairo nos acompañaban.

—¿Es que tú fumas porros? —le pregunté a Jairo.

—Os sentará mal, mejor entro —dijo sin chulería, con cuidado.

Al cuarto lo llamaban la bodega y estaba lleno de cajas repletas de envases de refrescos y de cervezas. Había sillas rotas, varias revistas, y de entre las revistas Don Chevignon sacó algo parecido a un pisapapeles que luego me enteré de que era «costo», algo con lo que hacían los porros. A mi lado tenía un calendario, unas hojas que marcaban el mes, noviembre, y mi mirada se clavó en un día, el 28.

—¿Qué día es hoy?

Elvis miró su reloj. «Jueves, 28 de noviembre de 1991», dijo.

—Es mi cumpleaños —dije casi sin pensar. Era mi cumpleaños. También debían de ser ya por lo menos las siete de la tarde.

Había luz, una bombilla pequeña que colgaba del techo. De repente se apagó y no vimos nada, sólo oscuridad, y sentí las manos de Elvis encima de mí, agarrándose como una lapa.

—¿Y ahora qué soléis hacer, os metéis mano?

Otra vez la voz de Gálaxy sin aire. Y luego la de Jairo: «¿Por qué no fumamos el porro y dejamos a los chavales que vuelvan al colegio?». Me quedé quieto como una estatua.

De repente alguien me empujó y me tiró al suelo, me golpeé la espalda con una caja que estaba por allí, el dolor fue insoportable. Sentí que Elvis desaparecía de mi lado, sentí casi el aire que levantó cuando lo alejaron de mi lado, y aunque quise levantarme no pude.

—¿Podéis parar? —la voz de Jairo, temblando.

Elvis empezó a gritar, a gritar más y más fuerte, como si lo estuviesen desollando vivo, y le taparon la boca porque luego oí forcejeos y finalmente un silencio. Se movían y supongo que se movían hacia mí, pero no decían palabra. Yo me levanté y afiné el oído. Semanas enteras de ese juego, guiándome por los sentidos.

—¿Estás frente a mí? —pregunté.

—Sí —dijo Elvis desde el fondo.

—¿Qué te han hecho?

—Me quitaron el pantalón.

—¿F4?

—Agua.

—¿F2?

—Tocado.

Me abalancé hacia allí, casi saltando, y agarré un cuerpo derribándolo; si podía tirarlo, era de mi estatura y era Jairo, que estaba desprevenido. Le eché la mano al culo, palpándoselo, y saqué su navaja mariposa. Cuando los otros saltaron encima de mí, uno me dio una bofetada en la cara mientras el otro tiraba de mis piernas, gritando y riendo.

—¡No se dan bofetadas en la cara! —grité llorando. Nunca había estado tan nervioso—. Decidme lo que queráis, pero no se dan bofetadas en la cara. ¡No se dan bofetadas!

Pero se reían igual, y yo no veía nada. Ese día supe por qué no se le podía pegar a un niño, y también que si le pegas no puedes reírte, y menos si no se ve nada porque, en lugar de que se esté riendo alguien de ti, parece que se está riendo todo el mundo.

Yo quería la navaja mariposa de Jairo sólo para decirles que tenía una navaja mariposa y que tuviesen mucho cuidado, que no se acercasen a mí y que no tocasen a Elvis. Pero pegaban, pegaban y reían, y me estrujaban el pito y empezaron a quitarme los pantalones. Abrí la navaja y la estiré hacia la oscuridad con muchísima fuerza; se hundió en algo blando, y seguí hundiéndola y hundiéndola, moviéndola luego de izquierda a derecha. Se movía limpia, era como dibujar en el encerado cuando consigues que la tiza no chirríe. Podía haber seguido toda la tarde, quisiera haber escrito allí «maricones, hijos de puta, abusones de mierda», pero Elvis me agarró del brazo llorando, me hizo tirar la navaja y me subí los pantalones y nos fuimos corriendo. No recuerdo más, no quiero recordar más, pero eso sí lo recuerdo, el ruido que hacía la navaja en las tripas de ese abusón.

Elvis y yo estuvimos escondidos en unos soportales frente al río hasta que se hizo de noche. Cuando se hizo de noche y empezó a hacer frío nos abrazamos y nos quedamos dormidos. Yo creo recordar que estaba manchadísimo de sangre, pero a Elvis le dio igual. A Elvis siempre le daba igual cualquier cosa que me pasase a mí, para él yo estaba siempre bien.

Cuando me desperté aún seguía siendo de noche, pero la vista que tenía frente a mí me pareció preciosa. El reflejo de la ciudad en el río, las montañas a lo lejos, las luces rojas de los coches bajo la lluvia. Pronto sería Navidad. A Rebe y a mí nos encantaba ver cómo empezaba la Navidad. Casi más que la Navidad, nos gustaba ver cómo se construía y cómo de repente ya parecía que todo el mundo tenía que llevar bolsas y paquetes, y se juntaba en los bares y se abrigaba más, yo creo que sin querer, sin que hiciese más frío, sólo porque era Navidad.

El primer año que llegamos a la ciudad una camioneta con una pequeña grúa cortaba la carretera y dos señores se encargaban de estirar las luces de una punta a otra. En nuestra calle abrieron una tienda Sony que lo primero que hizo, antes de ponerse a vender minicadenas, fue colocar un árbol increíblemente grande y lleno de luces que podían verse desde la ventana de mi habitación. Lo rodearon de paquetes enormes envueltos en papel de regalo, y yo nunca pensé que hubiese dentro otra cosa que juguetes. Pocas cosas me hacían más feliz que eso, grandes cajas con lazos pendientes de abrir.

El año anterior, Rebe había dormido conmigo la noche de Reyes porque por aquella época yo tenía muchísimas pesadillas (Rebe las llamaba «terrores nocturnos»). Se metió conmigo en la cama, y eso que le dije que dormido podría hacerme pis y le dio igual.

—Si te haces pis, lo seco y ya está.

—¿Lo secas y seguimos durmiendo?

—Te lo prometo.

Así que nos metimos los dos debajo de las sábanas y las mantas, una noche de invierno que hacía un montón de frío porque supuestamente la calefacción estaba estropeada.

—Esta es la mano de las pesadillas —me dijo estirando su mano. Se la apreté muy fuerte—. Si nos dormimos con ellas agarradas, no tendremos pesadillas ninguno de los dos.

Me había cuchareado y sentía todo el calor de su cuerpo en el mío, y por supuesto no solté esa mano en toda la noche, o eso creo porque con ella no tuve ningún sueño malo. Los estaba teniendo desde que unas semanas atrás le había tirado la piedra al profesor de Gimnasia; Rebe había intentado convencer a mamá de que me llevase a un psicólogo, pero mamá dijo algo así como que los problemas de la cabeza eran cosas que sólo podían tener los niños de familias ricas. Yo creo que en aquella época deberíamos haber ido los dos, mamá y yo, en fila india. Me sorprendía que incluso Rebe tomase partido por el profesor, o al menos no tomase mucho más partido por mí, que fui la víctima de aquello. El profesor me dijo, literalmente, que no podía hacer ejercicio con los ojos y los labios un poco pintados; era la época en que me encantaba subirme al taburete del baño y revolver entre las cosas de mamá. Lo hacíamos Rebe y yo, además, y yo había dejado claro que no lo hacía porque quisiese ser una niña, que a mí eso me daba igual, sino porque me entretenía y me gustaba cómo quedaba una raya negra debajo de los ojos. Tan fácil como eso, y me parece que lo aclaré bastante bien en clase, pero se ve que el profesor de Gimnasia no lo entendió o no lo quiso entender, y ojo por ojo. Me expulsaron de clase muchísimo tiempo, y por si fuera poco empecé a hacerme pis. También dejé de pintarme, aunque algunos días lo hacía de puro aburrimiento.

Me desperté al mismo tiempo que Rebe y nos levantamos sin hacer ruido para ir al salón, donde estaban los regalos de Reyes. Esas Navidades, las últimas que pasamos juntos, nos trajeron bastantes cosas, supongo que porque detrás estaban como siempre los abuelos, que aún hablaban con mamá. A mí me trajeron un coche teledirigido, que era lo que había pedido, y también varios libros de Roald Dahl y de Enid Blyton, mi escritora favorita. A Rebe le trajeron un peto vaquero precioso, una falda de color muy brillante que le gustaba mucho y un póster de George Michael que se fue corriendo a colocar a su cuarto, donde tenía un montón de pósteres y muchísimas cintas de música.

Después de desayunar, jugamos un rato con el coche y recuerdo que me dio sueño y le dije si nos volvíamos a meter en la cama. La habitación de mamá y papá estaba cerrada a cal y canto, y a mí me gustaba pensar que estaban durmiendo, aunque a veces ni siquiera estaban porque no habían llegado. Entonces nos metimos en la cama, no sé qué hora sería, a lo mejor las diez de la mañana.

—¿Por qué apruebas todas? —le pregunté. Aquel curso mío estaba siendo horrible, de hecho acabaría repitiendo.

—¿Sabes qué hago? —dijo.

—Qué.

—Hago las cosas para que alguien esté orgulloso de mí. Siempre hay que tener a alguien que pueda estar orgulloso de lo que haces. Lo que hacemos por otra persona es más incluso de lo que hacemos por nosotros mismos.

—No entiendo.

—Te voy a contar un secreto. Yo soy buena y estudio mucho para que papi esté orgulloso de mí.

—¿Y no lo está?

—Yo espero que sí —su voz sonó triste.

—Seguro que sí —dije.

Volvió a abrazarme por detrás, a cogerme la mano y me dormí pensando en todo lo que había sido Rebe para mí y también en todo lo que había pasado ella para poder serlo. Podría decirse que cuando cumplió siete años se convirtió en mis padres, si no lo era ya antes, y cuando creció fue también los padres de mamá y papá. Aquella mañana de Reyes me acosté otra vez apretándole mucho la mano, y me iba quedando dormido poco a poco, tan despacio que sentía cómo los pensamientos se me iban a un lugar extraño, el lugar de los sueños, y recuerdo que pensé que quería quedarme así para siempre, y también pensé en si aquello no sería la muerte, quedarse feliz y tranquilo agarrándote a las manos de la persona que más te quiere, que te quiere tanto que se mete en tus sueños para tener a todos los monstruos a raya y que te puedas levantar sin haberte hecho pis, y con ella al lado.

—¿Sabes qué, Rebe?

—Dime.

—Yo quiero que tú seas la persona que esté orgullosa de mí. Voy a ser bueno para que puedas estarlo, ¿te parece bien?

—Es lo más bonito que me dijiste nunca, hermanito.

—Te quiero mucho, Rebe.

«Mi César», dijo mientras se dormía ella también, y recuerdo que protesté moviendo el culete como si llevase una cola detrás, y se rio y dijo «mi Tambu», y eso fue lo último que oí antes de dormirme otra vez, y pensé que yo también hacía feliz a Rebe.

Elvis abrió un poco los ojos. Tenía su cabeza sobre mis piernas y le había puesto encima la bomber Chevignon que me había llevado del Álamos encima. De hecho, la pedí cuando salía y el imbécil me la dio. A veces te pasas la vida deseando algo que es facilísimo conseguir, sólo hay que pedirlo.

—¿Qué hora es? —preguntó.

—Mi cumpleaños —dije. Lo que no recordaba por el frío era cuántos cumplía, pero me daba igual. Acaricié su cabecita de mosquetero y le di un beso en el pelo. Fue el primer beso que le di a mi novio.

La segunda vez que papá murió nadie estaba con él en casa, y mira que había gente en esa casa a cualquier hora del día; yo creo que a veces se reunían para olvidarse todos juntos de mi cumpleaños. Se quedó dormido en su enorme sofá, aquel trono suyo que ponía en el centro del salón para escuchar música y, cuando mamá llegó después de pasar mil horas conmigo en comisaría, le bajó las mangas de la camisa muy despacio y luego le dio un beso en la cabeza y lo peinó. Eso me lo dijo ella y me encantó que me lo dijese, porque en casa, cuando estábamos juntos y éramos felices, nos peleábamos para peinar a papá y él corría a esconderse en cualquier parte. Mamá lo acabó encontrando y lo peinó la última. Ella fue la última mujer que consiguió salir con el hombre que le gustaba, y si su historia de amor no fue la historia de amor de unos padres con sus hijos, me gusta pensar al menos que fue una historia de amor entre ellos. A mí me gustó muchísimo ser su hijo; eran la pareja más divertida del mundo, casi tan niños como Rebe, y siempre se estaban peleando y queriendo por cualquier cosa. Ya sé todo lo que se dijo después, pero eran dos personas muy jóvenes y muy apasionadas que hicieron todo lo que pudieron para ser felices, incluidos Rebe y yo.

En su última visita mamá me dijo que cuando alguien desaparece de tu vida todavía dura en tus sueños un tiempo antes de irse del todo, y que aún sueñas con él como cuando era tu novio o tu novia, o como cuando era tu mejor amigo. En el sueño las relaciones duran unos meses o unos años más, antes de marcharse definitivamente o de convertirse en otra cosa, lo que ya son en la vida real. Eso dijo mamá respecto a algunos novios que había tenido antes de salir con papá, pero sé que también me lo decía por muchos de sus amigos de siempre que poco a poco dejaron de serlo, porque se habían muerto o no los saludaban por la calle o se evitaban.

Yo veía a mamá haciéndose la distraída mientras se cambiaba de acera sin que lo pareciese, fingiendo que lo hacía por ver aquel escaparate o por coger un cruce mejor, que ya me dirás tú cómo quieres cruzar una carretera sin que nadie se entere: más te vale que al menos los conductores sí lo sepan. A lo mejor los superhéroes invisibles tienen que ver con eso, con saltar de una acera a otra volando y pasar inadvertidos. A lo mejor los superhéroes también tienen deudas, o no están bien como mamá y papá y se enganchan a lo que tienen cerca por ser más felices o por dejar de estar tristes, como mis papás y tantos amigos suyos de aquellos años, y necesitan que los cuiden y cuidarse también ellos. Quizá sea eso.

En casa, no todos los libros habían ido a parar a una tienda de segunda mano; por ejemplo, no se había vendido nunca la enciclopedia Larousse porque papá y mamá habían dicho que nunca se sabe cuándo se puede necesitar saber algo. Así que lo primero que le pedí a mamá al entrar aquí fue un tomo para buscar «mala hierba» y lo apunté todo en mis diarios, lo único que guardé de los tres meses de aquel año; mis diarios y Elvis.

Son plantas consideradas como molestas, especialmente, entre personas dedicadas a jardinería o agricultura. También son consideradas como maleza las plantas que crecen en forma agresiva, impidiendo el desarrollo normal de otras especies. En términos generales, una maleza es una planta en un lugar indeseado.
Pueden ser muy abundantes. Pueden restringir la luz a otras plantas deseables. Pueden estar utilizando nutrientes limitados del suelo de un lugar determinado. Pueden degradar la calidad de un cultivo. También puede causar irritación en la piel. Otras son nocivas al comerse. Otras tienen partes que se adhieren a la ropa. Además, pueden ser muy molestas al poderlas confundir con raíces superficiales de plantas del alrededor al ser arrancadas.

Eso y *Elvis Karlsson* son las únicas cosas ya que leo. También pedí un disco de Battiato, pero me lo trajeron en italiano y tuve que aprenderme las canciones así. Al principio me sentía un poco ridículo, pero me he ido acostumbrando.

A mamá le quitaron a Rebe, y no sé nada de ella desde hace un montón de tiempo. Debe de estar a punto de cumplir dieciocho años, pero mamá no me quiere decir nada de ella. Supongo que no está bien, porque esas cosas los hermanos las intuimos. No me había separado de ella un día de mi vida, y en todo este tiempo me ha dolido mucho más no verla que cualquier otra cosa.

A Armando también le quitaron a Claudia Romero Viscasillas, o más bien a Claudia le quitaron a Armando; una mañana, me dijo mamá, el padre de Olallita Sueiro, que tanto iba a su casa a tomar café, aquel policía secreta dedicado a buscar bicicletas de marchas, se lo llevó esposado por algo relacionado con la mamá de ella y de Elvis. A lo mejor no se había escapado sin más, a lo mejor la historia era otra y yo creo que es verdad, porque la historia siempre es otra.

Sueño muchas veces con todos. Sobre todo, con Rebe y con Elvis. Sueño con la habitación de Elvis. Estaba llena de clicks y Elvis y yo parecíamos Gulliver cuando entrábamos allí. Jugábamos con ellos a las luchas y al fútbol, luego los recogíamos para tener algo de espacio porque aquellos clicks estaban en todas partes. Vuelvo a jugar al Double Dragon II con él, y a los mosqueteros como el primer día que lo vi. Volvemos a apagar la luz.

Cada vez, sin embargo, pasan más días sin soñar con ellos, y cuando pasa más tiempo me cuesta que aparezcan en mis sueños y me angustia pensar que un día desaparecerán del todo, o que volverán ya como otra cosa, no como las personas que más quise del mundo sino como algo diferente, de otra vida. Empecé a echar de menos las cosas con las que podía soñar aún, el momento antes de las clases del Cándido, las tardes con una hora más o el momento en que íbamos todos a jugar al fútbol, aunque no me terminasen de gustar todos, ni tampoco el fútbol. Ese segundo antes de dormirme, el segundo en que me parece aún agarrar la mano de Rebe y que Rebe me la apriete y me lleve con ella a sus sueños, que son más tranquilos y pacíficos que los míos, y pensar que salgo de clase al final de la mañana muerto de hambre y me voy con ella para casa, cruzamos la carretera de General Rubín cuando nos lo ordena el agente y nos vamos jugando a decir nombres de animales y de instrumentos por Salvador Moreno; a veces paramos en la tienda de Teolindo a comprar chuches para tomar de postre: tiburones de diez pesetas, dedos, aros de fresa. Así que al principio pasaba los días durmiendo todo lo que podía para que volviese todo a ser como antes, y ahora intento no dormir nunca porque si no me los encuentro en los sueños sé que no podré encontrarlos nunca en otra parte, y aunque intento recordar una y otra vez, una y otra vez, se me van yendo de la cabeza sus caras y sus voces, dejo de olerlos y de recordar su olor, olvido su ropa y el momento en que la compraron, y no soy capaz de ver qué tal les queda, ni puedo ya oír sus voces o imaginar cómo eran, ni tampoco puedo saber no sólo cómo están sino cómo estuvieron, y si ellos se acuerdan de mí y me recuerdan como alguien que era muy feliz con ellos, y odio pensar en el día en que no tenga ya nada, no pueda agarrarme ya a nada, no haya nada debajo de mí, y vuelva a empezar de cero otra vez.

Este libro se terminó
de imprimir en
Móstoles, Madrid,
en el mes de
junio de 2019

Descubre tu próxima lectura

Si quieres formar parte de nuestra comunidad,
regístrate en **libros.megustaleer.club**
y recibirás recomendaciones personalizadas